惊魂记

HAUNTINGS: FANTASTIC STORIES

〔英〕浮龙·李 著   王越西 译

人民文学出版社
PEOPLE'S LITERATURE PUBLISHING HOUSE

Vernon Lee
Hauntings: Fantastic Stories

Copyright © 1890 by Vernon Lee
Simplified Chinese edition copyright © 2016
by Shanghai 99 Readers' Culture Co., Ltd.
All rights reserved.

图书在版编目(CIP)数据

惊魂记/(英)浮龙·李著;王越西译.—北京:
人民文学出版社,2016
(域外聊斋)
ISBN 978-7-02-011968-4

Ⅰ.①惊… Ⅱ.①浮… ②王… Ⅲ.①短篇小说-小说集-英国-现代 Ⅳ.①I561.45

中国版本图书馆 CIP 数据核字(2016)第 197139 号

责任编辑:卜艳冰
特约策划:邱小群　骆玉龙
封面插画:杨　猛
封面设计:高静芳

出版发行　人民文学出版社
社　　址　北京市朝内大街 166 号
邮政编码　100705
网　　址　http://www.rw-cn.com

印　　刷　山东德州新华印务有限责任公司
经　　销　全国新华书店等

开　　本　890 毫米×1240 毫米　1/32
印　　张　4.375
字　　数　135 千字
版　　次　2016 年 11 月北京第 1 版
印　　次　2016 年 11 月第 1 次印刷

书　　号　978-7-02-011968-4
定　　价　25.00 元

如有印装质量问题,请与本社图书销售中心调换。电话:010-65233595

谨以本书献给弗洛拉·普瑞斯特里和亚瑟·雷蒙

目　录

前言…………………………………………………… 1

不渝的爱……………………………………………… 1

戴奥妮亚……………………………………………… 35

奥克赫斯庄园的奥克………………………………… 61

邪恶之声……………………………………………… 108

前　言

昨晚我们正在闲聊——当朦朦胧胧的淡蓝色月光照进老式的格栅窗，并且跟桌上昏黄的灯光交织在一起时——我们正在谈到一个古堡，它的继承人（如传说中所言）在他 21 岁生日那天由于一个不可告人的秘密而正式得到继承权，这个可怕的秘密足以影响他今后的人生。这让我们感到震惊，我们讨论着在这个故事背后隐藏着的各种可能的神秘原因及可怕的事情，并发现没有哪个可想象得到的并且能用语言表达出的厄运或是惨事足以揭开这个谜团；与我们所不知道的那些巨大的隐秘相比，其他可怕的真相就显得微不足道、易于承受并可轻松面对了。

我不禁要说，对于引起很大轰动的超自然力，我们祖先认为是可怕的，我们认为是既可怕又诱人的，我们的后代则持怀疑态度的，在我看来都几乎毫无例外地笼罩在神秘的面纱之下。的确，就是这种神秘感打动了我们，朦胧的月光笼罩下神出鬼没的女子；古代勇士身上的铠甲发出的闪烁的微光，看不见他的马刺，却听到了他策马的声音；难以辨认的身影游走在周围树林里，时不时地忽隐忽现、摇曳不定。

我们这个时代有很多聪明人都憧憬拥有一个护身符，就像从前的人们渴望随身携带一个纯金打造的或是珐琅制成的小型圣像，因为很多具有科普知识的明智理性的人也与我们的先辈持相同的观点，认为鬼神是存在的，不仅仅存在于我们的想象和情感之中；比如一个叫杰米玛·杰克逊的人在五十年前当她九岁时看见她死去的老处女姑妈又显灵了六个月，许多事实可以证明这一点。认为死去的姑妈应该还游走在阳间的想法让某些人感到欣慰，如果这能让她可怜的灵魂得到一些宽慰！但是由于她活着的时候长得并不那么有魅力，她死后鬼魂显现的面容就着实让人吃惊了。总之，在仔细地研读所收集到的证据后，人们非常赞同这些当代鬼专家们的看法，认为可以根据无人的环境，没有意义或没有画面，并且通常是单调、陈腐而无用的来判断一个真实的鬼故事。

一个真实的鬼故事！但这些都不是真正的鬼故事，他们冲击着我们的第六感官，超自然的感官，并让所有地方，不，整个时代都充满了女巫花园里的奇异花香。

哦，不！无论是被谋杀的丹麦国王的故事（我听说据科学分析被谋杀的人总是十分安静的），或者是传说中那怪异的女人三次看见长高好多的裹着寿衣的诗人詹姆士一世；或者是维纳斯铜像的手指紧紧握住结婚戒指的故事，无论是出自莫里斯[1]挂毯风格式的叙事诗集，还是梅里美[2]愤世嫉俗的现实主义恐怖小说，或是口口相传自中世纪职业说书人的原创，没有一个是真正的鬼故事。这些真正的鬼魂，他们只存在于我们的脑海当中，只存在于死去的人的灵魂当中，他们从来不会跟杰克逊的姑妈一起在现实生活中的靠背椅和布沙发中跌跌撞撞地摸索前行。

它们是想象力的产物，生于斯，长于斯，它们是许多离奇而混乱的东西，一半是垃圾，一半是珍宝，源自于我们脑海中大量渐渐褪色的记忆，支离破碎的鲜活印象，散落四处的五颜六色的碎纸片，逐渐凋零的香草和鲜花，从中慢慢生成了那气味（我们都知道它），潮湿又发霉，但却沁人心脾般的香甜，令人兴奋而陶醉，这幽香渐渐弥漫在整个空中，这时鬼魂已迅速穿过紧闭的门，而那原本不断闪烁渐渐暗淡的烛光和炉火重又变得明亮起来。

什么是真正的鬼魂？它是那个来自我们听过的离奇故事，见过的荒诞地方和我们自己的想象力，还是杰米玛·杰克逊的姑妈？我请求你告诉我，这个体面的老处女的形象有什么用吗？是她的姑妈很值得一睹芳容呢，还是如果跟着她就能把我们带到任何有趣的地狱磨难或是恒久的天堂至福？

---

1 威廉·莫里斯（1834—1896），19世纪英国设计师、诗人、早期社会主义活动家及自学成才的工匠。他设计、监制或亲手制造的家具、纺织品、花窗玻璃、壁纸以及其他各类装饰品引发了工艺美术运动，一改维多利亚时代以来的流行品味。1868年至1870年间出版的叙事诗集《地上乐园》，借古希腊到中世纪的传说一抒胸中块垒。他亦是拉斐尔前派的重要成员，但极少留下画作。

2 普罗斯佩·梅里美（Prosper Merimee, 1803—1870），法国现实主义作家，中短篇小说大师，剧作家，历史学家。他是著名中篇小说《卡门》的作者。

超自然力可以打开詹姆希德[1]的洞穴，登上雅各[2]的梯子；但即便它把我们带到伊斯灵顿，或谢泼德丛林[3]，那又有什么用呢？众所周知浮士德博士[4]大胆地挑选任何一个鬼魂让魔鬼靡菲斯特[5]给他送来，其冒险行径一点儿也不亚于特洛伊的海伦。想象一下如果同样的恶魔召唤像杰米玛·杰克逊小姐的姑妈那样的古人会是什么情形！

　　事情就是这样——过去，多少有些遥远的过去，用距离把文字都一笔勾销了——这是个鬼魂出没的地方。的确，站在过去的边缘，我们听从自己的内心，在俯瞰着吟游诗人的果园和希腊民间有柱庭院的房子里教育现代的人们；而一群影影绰绰、变幻无常的鬼魂，不断地往往返返，在过去和现在之间听凭我们的差遣。

　　因此，我的四个小故事从科学角度来看并没有真正的鬼魂；既没有所谓的鬼神可供物理研究学会探讨；也没有在现场抓到的幽灵可作为司法证据。你们会认为我讲述的鬼魂是虚构的（在我看来它们是真正的幽灵），关于它们我能肯定的只有一件事，那就是它们曾出现在某些人的脑海中，在这些人当中就有我和我的朋友们——你们，亲爱的亚瑟·雷蒙，当你在南部乡村昏暗朦胧的薄暮中行走在渐渐长高的欧洲蕨和鬼魅般的松树林时；还有你，亲爱的弗洛拉·普瑞斯特里，当你在月光笼罩的薄雾中在橄榄树林中穿行时；伴着月光下粼粼波涛的大海的呜咽和城堡废墟的呼啸的风声，雪莱扬帆起航开往永恒。

浮龙·李

马亚诺，佛罗伦萨附近，1889 年 6 月

---

[1] 波斯神话中的人物，本为仙王，因自夸永生，被贬人世。
[2] 《圣经》人物，以撒之次子。
[3] 西伦敦的一块区域。
[4] 欧洲中世纪传说中的人物，为获得知识和权力，向魔鬼出卖自己的灵魂。
[5] 歌德的《浮士德》里的魔鬼（撒旦的化名），他妄图把伟大的浮士德引入歧途，但最终浮士德还是选择了为人类造福，死后灵魂并未让靡菲斯特带走，而升上了天堂。

不渝的爱

斯毕瑞狄恩·特雷普卡日记选段

第一部
乌尔巴尼亚，1885 年 8 月 20 日

多少年来，我梦寐以求想到意大利走一走，近距离地阅读过去的历史。可是，这就是意大利吗？这就是过去吗？我真想痛哭一场，为了难以言说的失望。当我第一次徜徉在罗马的大街上，兜里揣着一份德国大使馆的宴会请柬，身后紧跟着三四个柏林和慕尼黑汪达尔人，喋喋不休地告诉我哪儿有最好的啤酒和德国泡菜，格林[1]或蒙森[2]写的最后一篇文章又是什么。

是不是很可笑？难道这都是假的吗？难道我不是生活在现代？难道我不是由于自以为是地写了一本批判艺术的书而得到一个当代科学基金会的赞助才来到意大利的吗？不仅如此，难道我来到这个叫乌尔巴尼亚的地方不是为了在几个月之后写出另一本书吗？你能想象得出，可怜的斯毕瑞狄恩，你这个披着德国学究外衣的波兰人，哲学博士，教授，曾写过关于 15 世纪专制君王的论文并获奖，你能想象他带着行政长官的介绍信，却不能走进充满过去气息的现代？

---

[1] 雅各布·格林（Jacob Ludwig Carl Grimm，1785—1863），德国法学家、作家，和弟弟威廉·格林一起，创作《格林童话》，以格林兄弟之名为人所熟知。
[2] 克里斯蒂安·蒙森（Christian Matthias Theodor Mommsen，1817—1903），德国古典学者、法学家、历史学家、记者、政治家、考古学家、作家，1902 年诺贝尔文学奖获得者。

千真万确，我的上帝。但至少时不时的请让我忘了现代吧，就像今天中午，当白色的小公牛拉我的双轮马车慢慢地行走在蜿蜒崎岖看似无尽头的山谷里，拖拖拉拉地爬上连绵不断的山坡，只听到看不见踪迹的山间湍流在远处的山脚下轰鸣着，四周只见光秃秃的灰红色山峰延伸向乌巴尼亚城，这里人迹罕至，唯其孤零零地高耸在亚平宁山脉上。锡吉洛、彭纳、福松布罗内、梅尔卡泰洛、蒙特穆洛——当马车夫把这一个个村庄指给我看时，我仿佛置身于过去的时光，这些意大利村庄的名字把我的思绪带回到了从前的某场战役或是某次叛变行为。由于高大的山脉遮住了西下的夕阳，山谷里弥漫着淡蓝色的薄雾，山顶上的乌城塔楼和圆顶后面只见一片不祥的烟红色，从乌巴尼亚的教堂传来的钟声隐隐约约地回荡在整个悬崖上。我几乎盼望着，在每一个山路的拐弯处，都有一队骑兵出现，他们戴着鸟嘴状的头盔，穿着有爪的靴子，在夕阳里挥舞着三角旗帜，身上的盔甲闪闪发光。而刚刚，不到两小时之前，我们在黄昏时分回到城里，经过空无一人的街道，四周唯一可见的只有在神龛下或是水果摊前朦朦胧胧的烟雾，或是铁匠铺前锻造用的淬火；马车从宫殿的城垛和塔楼下缓缓走过……啊，这就是意大利，这就是过去！

8月21日

这就是现在。有四封介绍信要寄，还要跟副市长，市政官，档案馆馆长礼貌地交谈；甚至还要认识一下我的朋友马克斯极力推荐我下榻在他家的那个好人……

8月22日到27日

大半天都待在档案馆，而且大部分时间都消磨在听馆长的高谈阔论上，他滔滔不绝地讲了三刻钟埃涅阿斯·西尔维厄斯[1]的评论不带一丝停顿。为了躲避这种殉难式的遭罪（你知道当一匹赛马被套上缰绳拉着马车是什么感觉吗？如果你能想象，你就能体会一个波兰人变成普鲁士教授是什么感觉了），我不得不长时间在街上漫步。这个小镇有一些高

---

[1] 意大利籍教皇（1458—1464年在位）。

高的外墙乌黑的房子，坐落在一条阿尔卑斯山脉分支的顶端，一幢接一幢，长长窄窄的街道，就顺着山势蜿蜒而下，就像我们童年时代常常玩的小山丘上的滑坡一样；中间那座壮丽的红砖结构，角塔状的雉堞墙，是奥托巴欧诺公爵的宫殿，从窗子望出去可以看到湛蓝的大海，巨浪卷起的漩涡，以及忧郁的灰色的群山。这儿的人们，或是皮肤黝黑，长着浓密的胡子，骑马的姿势狂野如强盗，整个人包裹在镶着绿边的斗篷里，坐在他们鬃毛蓬松的驮骡上；或是强壮结实，出身低微，在街上闲逛的小伙子，就像西尼奥雷利壁画里着色鲜艳的亡命之徒；漂亮的小男孩，像拉斐尔笔下画的许多年轻人一样，眼睛大大的像小公牛的眼睛，还有身形臃肿的妇女，也许叫抹大拉或圣伊丽莎白，穿着紧紧绑着脚趾的木底鞋，头上顶着黄铜做的大木桶。当她们从陡峭的小巷子上上下下时，我很少与她们交谈，我害怕自己美好的幻想会因此而破灭。街道的拐角处，正对着弗朗西斯科·吉奥吉斯[1]的精致小巧的门廊，是一幅巨大的红蓝相间的广告，画的是一个天使因为埃利亚斯·哈维[2]的缝纫机而降临到他的头顶。

　　副市长手下的职员们在我吃午饭的餐馆吃饭，高谈阔论政治，并断断续续地唱着给姑娘[3]的情歌，不，跟当地人交谈显然是个危险的尝试。也许除了跟我的好房东，诺塔罗·波利先生，他是个博学的人，鼻烟吸得比档案馆馆长要少多了（更多时候他只是把鼻烟粉从外套上掸去）。我忘了把它们记录下来（我觉得应该记录下来，我徒劳地坚信总有一天这些只言片语会有用的，就像枯萎的橄榄树枝，又像我桌上的三个灯芯的托斯卡纳台灯，能让我在可恨的柏林的巴比伦，回忆起这些快乐的意大利时光）——我忘了记录下我住在一个古董交易商的家里。我的窗子朝向小镇的主干道，那儿正好有一根顶部雕着墨丘利[4]的小柱子矗立在集市的遮篷和门廊的中间。由于被栽种在有凹口的大水壶和木桶里开得满满的罗勒、丁香和金盏花交互掩映着，我只能看见宫殿塔楼的一个角落，模模糊糊的海那边的远山。房子的后部直切入深谷，是一个奇特的

1　意大利方济会托钵修会修士。
2　美国发明家，缝纫机的设计制造业者。
3　此处为法语，意为"姑娘"。
4　罗马神话中诸神的使神，掌管商业的神。

曲线起伏的黑色建筑物，粉刷成白色的屋子里，挂着拉斐尔的画，佩鲁基诺[1]，当有陌生访客光临时，我的房东定期会把它展示到主客房去，屋子里摆满了老式的雕刻椅子、帝国式沙发、浮雕装饰及镀金的结婚柜子，以及摆放着许多旧式锦缎和绣花祭坛布的橱子，陈年香气和发霉的气味充斥着这个房间，这个地方由波利先生的三个未婚姐姐掌管——索拉·塞拉菲娜、索拉·洛德维卡、索拉·阿达尔吉萨——现实中的命运三女神[2]，甚至包括她们做的事及她们的黑猫。

我的房东索·阿斯卓巴尔，也是一位公证员，让教皇当局感到遗憾的是他有一个堂兄是红衣主教的随从。他们相信如果你放好一张双人桌，点上用死人的脂肪做成的四根蜡烛，并举行一定的仪式，你就能在圣诞节前夜和其他类似的夜晚，召唤圣·巴斯克达尔·贝隆，如果你事先扇打他的两边脸颊并重复念叨三次"万福玛利亚"，他就写给你赢得彩票的数字，写在冒烟的盘子的背面。问题在于如何找到制作蜡烛的死人的脂肪，以及如何在圣人转瞬消失之前扇他的耳光。"如果不是因为这些困难，"索·阿斯卓巴尔说，"政府早就取消彩票买卖了。"

9月9日

乌尔巴尼亚的历史少不了它的浪漫，虽然这个浪漫（总是这样）早被我们的学究遗忘在历史的故纸堆里。在来乌城之前我就被一个特殊的女人深深吸引了，这个女人曾在瓜尔特里奥和神父桑克蒂斯关于这个地方的历史记载中出现过。她的名字叫美狄亚，是卡比国王加莱阿佐四世马拉泰斯塔的女儿，曾是皮埃尔路易吉·奥尔西尼·斯蒂米格利亚诺公爵的妻子，最后又嫁给了大公爵罗伯特二世的祖先，乌尔巴尼亚公爵杜伊达尔方索二世。

这个女人的身世和性格让人想起比安卡·卡比洛[3]，及卢卡齐蕾亚·博尔贾[4]。她出生在1556年，在她12岁时与她的马拉泰斯塔·皮

---

1 佩鲁基诺（1446—1524），15世纪意大利著名壁画家。他的作品在当时被人们看作是宗教艺术的顶峰。
2 命运三女神，掌管大地上所有人的命运。共有三位：克罗托（Clotho）纺织生命之线，拉刻西斯（Lachesis）决定生命之线的长度，阿特洛波斯（Atropos）切断生命之线。
3 比安卡·卡比洛（1548—1587），意大利贵妇与托斯卡尼大公爵的情妇。
4 卢卡齐蕾亚·博尔贾（1480—1519），罗马教皇亚历山大六世私生女。

米尼家族的一个堂兄订婚，由于这个家族家道中落，她的订婚也随之取消。一年后她又同皮克家族的另一成员订婚，并在 14 岁时与之完婚。但是这桩婚姻并未让她或她父亲称心，于是他们以某种借口宣称这桩婚姻无效，这就给另一奥尔西尼家族的斯蒂米格利亚诺公爵带来联姻的希望。但是新郎吉奥拉恩弗拉内斯科·皮克拒绝妥协，他在教皇面前申诉他的案子，并试图强行带走他的新娘，因为他疯狂地爱着她，据一本古老的无名氏编撰的史书说，这个新娘拥有着举世无双的美貌，娇美可爱，仪态万千。当她去拜访她父亲的路上，皮克拦截了她的轿子并把她带到他位于米兰多拉[1]的城堡，在那儿他彬彬有礼地苦苦哀求她做他的妻子。但这位姑娘用床单做成绳索从护城河里逃走了，而吉奥拉恩弗拉内斯科·皮克则被人发现胸口中刀而死，是马多娜·美狄亚·德·卡尔比下的毒手。皮克是一个英俊的小伙子，死的时候才 18 岁。

皮克家族被安抚好，教皇也宣布这桩婚姻无效，于是美狄亚郑重地嫁给斯蒂米格利亚诺公爵，并搬到他靠近罗马的领地。

两年后皮埃尔路易吉·奥尔西尼被他的一个男仆刺死在斯蒂米格利亚诺城堡，他的遗孀有重大嫌疑，更特别的是，就在这事发生不久，她又指使她的两个仆人在她的闺房内砍死了谋杀者，因为他宣称是她用她的爱引诱他谋杀了他的主人。整件事情被闹得沸沸扬扬。美狄亚只好逃到乌尔巴尼亚，并跪在杜伊达阿尔方索二世公爵面前哭诉她之所以指使人杀死男仆只是为了捍卫她的遭到诽谤的名声。并且她信誓旦旦地保证对丈夫的死她一点儿也不知情。美艳如花、年方十九就守寡的公爵夫人彻底征服了乌尔巴尼亚公爵。他糊里糊涂地相信了她的无罪，拒绝把她交给她已故丈夫的亲属处置，并把他宫殿左厢房的华丽屋子分给她居住，其中有一间屋子有一个非常有名的壁炉，装饰有大理石雕成的蓝色底座的丘比特雕像。杜伊达阿尔方索疯狂地爱上了他美丽的客人。由于他的怯懦和小心谨慎，他开始在公开场合有意冷落他的妻子，卡梅里诺的马达莱娜·瓦拉诺，原先他们两人虽然没有孩子，但还是相处得很好；他不仅漠视他的顾问及其宗主国罗马教皇的忠告，并且还变本加厉地把各种莫须有的罪名强加在他妻子身上，以此来疏远他的妻子。马

---

[1] 意大利地名。

达莱娜公爵夫人无法忍受如此遭遇，离家出走到修道院当了修女，整日与那些贫穷的姐妹们在一起，在那里她变得日渐憔悴；而此时，美狄亚·德·卡尔比则堂而皇之地霸占了她在乌尔巴尼亚的位置，使杜伊达阿尔方索公爵卷入了与强势的奥尔西尼以及瓦拉诺的争吵中。前者坚持认为美狄亚是谋杀斯蒂米格利亚诺的凶手，后者则想为他的亲戚，在此事中受伤颇深的马达莱娜公爵夫人讨个公道。最后直到 1576 年，乌尔巴尼亚公爵在他郁郁寡欢的妻子落寞离世两天后就迫不及待地公开迎娶了美狄亚·德·卡尔比，虽然有些突然，但也在大家的意料之中。这次婚姻依然没有给杜伊达阿尔方索公爵带来子嗣，但是这位杜伊达阿尔索公爵被美色冲昏了头脑，在新公爵夫人的诱骗之下竟然同意了把他公爵领地的继承权拱手相让给了她与斯蒂米格利亚诺所生的男孩巴托洛米奥（当然，此事要得到教皇的同意也是极其困难的），但是奥尔西尼拒绝接受这个事实，他宣称这个孩子是新公爵夫人与吉奥拉恩弗拉内斯科·皮克所生的，为了维护自己的名誉她已将皮克杀害。因此把乌尔巴尼亚公爵领地的继承权授予一个陌生人，并且是私生子将极大损害了杜伊达阿尔方索的弟弟红衣主教罗伯特的既得利益。

1579 年 5 月，杜伊达阿尔方索公爵突然离奇地暴毙，美狄亚禁止任何人进入他的寝室，唯恐他在临终前反悔，进而恢复他弟弟的继承权。公爵夫人很快就让她的儿子巴托洛米奥·奥尔西尼成为乌尔巴尼亚公爵，而她则成为摄政王，并且在两三个厚颜无耻的年轻人的帮助下，特别是有一个叫奥维罗图·德·纳尔尼的上尉，据说是她的情人，夺取了政府的权力，派兵在锡吉洛打败了瓦拉诺和奥尔西尼，并且无情地消灭了每一个胆敢质疑她的继承权合法性的人。与此同时，红衣主教罗伯特脱下牧师的外衣，放弃牧师的誓言，奔赴罗马、塔斯卡尼、威尼斯——不，他甚至去找了西班牙的国王和皇帝，恳求得到帮助来对付篡位者。在短短几个月里他扭转了人们对摄政公爵夫人原先的同情；罗马教皇庄严地宣布巴托洛米奥·奥尔西尼的继承权无效；并宣布罗伯特二世就任乌尔巴尼亚公爵及蒙特穆洛[1]公爵，塔斯卡尼和威尼斯的大公爵私下保证支持，但必须等罗伯特取得了大多数人的支持后。渐渐地，公

---

[1] 意大利地名。

爵领地下属的城镇一个接一个地被罗伯特收复，美狄亚·德·卡尔比发现她被困在乌尔巴尼亚的一个群山环绕的城堡里，就像被烈火围困的蝎子一样惶惶不可终日（这个比喻不是我说的，而是来自罗伯特二世的史官拉斐尔·瓜尔特里奥）。但是，与蝎子不同的是，美狄亚拒绝自杀。这就是她完全令人不可思议之处，没有金钱和帮手，她竟能牵制对手这么久，瓜尔特里奥把这一切都归因于那些致命的诱惑，正是这些致命的诱惑让皮克和斯蒂米格利亚诺葬送了性命，把原本忠实淳朴的杜伊达阿尔方索变成了一个恶棍，她所有的情人无一例外都愿意为她而死，即使是被忘恩负义地对待并被流放。瓜尔特里奥清楚地将这一现象归因于恶魔般的纵容。最后前红衣主教罗伯特胜利了，在 1579 年 11 月成功地进入乌尔巴尼亚。他的接收是节制和仁慈的。没有人被处死，除了奥维罗图·德·纳尔尼，当新公爵走进宫殿时，他扑向新公爵企图行刺，然后被公爵的侍卫杀死，死前他用尽最后一丝气力大呼："奥尔西尼，奥尔西尼，美狄亚，美狄亚，巴托洛米奥公爵万岁。"尽管人们说公爵夫人对他根本不屑一顾。小巴托洛米奥被送到罗马让奥尔西尼抚养，公爵夫人被软禁在宫殿的左厢房里。

据说她曾傲慢地要求见新的公爵，但他摇摇头，以一个牧师的方式，引了一段关于尤利西斯和海妖塞壬[1]的诗；值得注意的是，他不断地拒绝见她，有一天当她偷偷地走进他的寝宫时他骤然离开，唯恐跟她见面。几个月后一场谋杀罗伯特公爵的阴谋被揭露出来，显然是美狄亚策划实施的。但是那个罗马的名叫马尔堪托米奥·弗朗吉佩尼的年轻人即便在严刑拷打下也拒绝承认这件事跟美狄亚有关。因此罗伯特公爵，本着不希望诉诸任何暴力的想法，只是把她从圣埃尔莫的别墅转移到了城里的克拉丽斯修道院，并对她进行最严密的看守。看起来美狄亚不可能再策划什么阴谋了，因为她既见不到任何人，也没有人能看见她。但她竟设法派人送了一封信和她的画像一起给了普林齐瓦莱·德格利·奥德拉弗，一个只有 19 岁的来自罗马吉诺尔贵族家庭的年轻人。他本已

---

[1] 尤利西斯和塞壬的故事，出自荷马史诗《奥德赛》，大意是大英雄尤利西斯知道自己意志薄弱，他在驾船接近栖居着女妖塞壬的海岸时，唯恐自己经不住她们迷人歌喉的诱惑，便要求水手们把自己绑在桅杆上，又用蜡封住他们的耳朵。尤利西斯带领他的水手们逃过了塞壬蛊惑的魔歌，平安地驶过了那片不归之海。而尤利西斯成为唯一一个穿越了自然与人类相结合的塞壬女妖动人魔歌的人。

与乌尔巴尼亚最美丽的女子订了婚，看了信和画像后，他立即解除了婚约，随后，在复活节的当天当罗伯特公爵跪地做弥撒时他试图用带枪套的手枪射杀公爵。这一次罗伯特公爵被彻底激怒了，决心要收集铁证对付美狄亚。普林齐瓦莱·德格利·奥德拉弗被关了几天，滴水未进，受到最严酷的刑讯折磨，最后被宣判死刑。当他就要被用烧得通红的铁钳剥皮并被五马分尸时，他被告知如果他能承认公爵夫人参与谋划此事他就能求得体面的速死。而站在位于罗马诺圣门外面的刑场边上的忏悔神父和修女们则极力劝说美狄亚忏悔自己的罪行，以此来挽救那个不时传来惨叫声的可怜人。美狄亚请求走到阳台上，在那儿她能看见普林齐瓦莱，这个年轻人也能看到她。她看上去异常冷静，她抬手将她的一块刺绣手帕扔给了那个可怜的已经血肉模糊的家伙，他请求行刑者用手帕擦擦他的嘴，这时他亲吻了那条手帕，然后大喊："美狄亚是无罪的。"几个小时的酷刑之后，他死了。罗伯特公爵失去了耐心，再也忍无可忍了。他明白只要美狄亚活着，他的生命就永远处于危险之中，但他又不想因为杀了她而惹来闲话（某种意义上还是他牧师的仁慈天性使然），只好把美狄亚囚禁在修道院里。值得注意的是，他坚持只能由女性来看守她，他赦免了两个杀害婴儿的女囚犯来做这件事。

"这位仁慈的王子，"为他著书立传并于1725年出版的唐·阿坎杰洛·扎皮这样写道，"一生只做过一件残忍的事，并且深深为此忏悔，直到教皇承诺宽恕他为止。"据说当他处死声名狼藉的美狄亚·德·卡尔比时，唯恐她会以其不可抵挡的美色诱惑其他男子，他不仅用女性作为行刑者，而且拒绝为她安排牧师或者修道士，迫使她死前得不到恕罪，同时也不让她有任何忏悔的机会，尽管在她冷酷的铁石心肠里也许有那么一丝丝的悔意。

这就是美狄亚·德·卡尔比的故事，斯蒂米格利亚诺·奥尔西尼公爵夫人，乌巴尼亚杜伊达阿尔方索二世公爵的妻子，她在1582年的12月，也就是297年前被处死，年仅27岁。在她短暂的一生中，她带给五个情人悲惨的结局，从吉奥拉恩弗拉内斯科·皮克到普林齐瓦莱·德格利·奥德拉弗。

9月20日

外面正在举行一场盛大的彩灯节,据说为了纪念15年前罗马占领这儿。只有我的房东索·阿斯卓巴尔对这些皮埃蒙特人不以为然,他把他们这些当地人称为意大利杂种。自从乌尔巴尼亚1645年归顺罗马教廷后罗马教皇对他们管制非常严,非常藐视他们。

9月28日

我找寻美狄亚的画像已有一段时间了。我猜想,大多数的画像已被销毁了,可能是罗伯特二世公爵害怕她即便是死了,她那惊人的美丽仍可能给他带来些麻烦。不过我还是有可能找到三四张画像:其中之一是存放在档案馆里的袖珍画像,据说就是那张她派人送去给可怜的普林齐瓦莱·德格利·奥德拉弗从而令他神魂颠倒的画像;另一个是大理石半身像被放在王宫的储藏室里;还有一张是一幅大型构图,可能是巴罗乔的作品,表现的是匍匐在奥古斯都[1] 脚下的克莉奥佩特拉[2]。奥古斯都代表罗伯特二世,圆圆的脑袋,极短的头发,有点歪的鼻子,修过的胡子及伤疤都和罗伯特二世一样,只不过穿着罗马的衣服。而在我看来,尽管克莉奥佩特拉身着东方的服饰,戴着黑色的假发,她就是美狄亚·德·卡尔比。她跪在那儿,赤裸着胸部等待胜利者的鞭打,但实际上是想引诱他,而他则侧身避而不视,做出一副厌恶的表情。除了那幅袖珍画像,其他的都不怎么好看。这画像真是件精致的作品,加上那半身像所提供的轮廓,我们不难重新还原出这危险尤物惊世骇俗的美丽。画像的技法是文艺复兴晚期大部分人所推崇的,也是让古戎[3] 和法国人视为不朽的艺术手法。脸部是完美的椭圆形鹅蛋脸,前额有点饱满,亮泽的赤褐色头发上满是细小的卷曲,像羊毛一样;鼻子带着点鹰钩状,颧骨稍稍有点低了;精致的弯眉和浓密的睫毛下灰色的大眼睛明亮而深邃;精心描画的鲜艳的红唇紧紧抿着,似乎一张嘴就能看见珍珠般晶莹洁白的牙齿。紧致的眼睑和紧闭的双唇给人一种优雅高贵的感觉,同时

---

1 奥古斯都(公元前63—公元14),古罗马帝国开国皇帝。
2 克莉奥佩特拉(公元前69—前30),埃及托勒密王朝最后一位女王。
3 让古戎(1510—1565),16世纪法国著名雕塑家和建筑师,法国文艺复兴雕塑的代表人物。

也流露出一种神秘难解的神态，散发着一种邪恶媚人的诱惑；它们看上去总是在索取，而不是给予。她的嘴孩子般地嘟着，仿佛如水蛭随时准备叮咬或吮吸。她的肤色白皙得令人目眩神迷，又带着点淡淡的粉红，像透明的玫瑰百合，吹弹可破；她的脑袋上精美的鬓发被精心编织好，装饰上珍珠，就像阿瑞梭莎[1]的雕像一样被安放在一个细长的，如天鹅般光滑柔美的脖颈上。这真是个神奇的美人，第一眼看上去只觉得这是个一般的人为加工过的容貌，性感但冷漠，但你越长久地凝视，就越觉得她迷人，就此占据了你的脑海，挥之不去。在女士的脖子上挂着一条金项链，每隔一段有一个金色的菱片，上面刻着花朵或是双关语（这一法国时尚设计在当时非常流行），"不渝的爱——爱永不渝"。同样的花朵也刻在了半身像的凹陷处，也正因为如此我才得以辨别后者也是美狄亚的肖像。我经常长久地审视着这些可悲的画像，暗自琢磨这张让这么多的男人甘愿为她赴死的脸，当她说话或是媚笑时究竟会是什么样子呢？究竟是什么能让美狄亚·德·卡尔比蛊惑她的受害者们为了她的爱而牺牲生命——"不渝的爱——爱永不渝"。就像刻在她项链上的话——爱将永存，残酷的爱——是的，只有这样才能解释她的情人们对她的忠诚和不幸的命运。

10月13日

事实上这些天我都没时间在我的日记本上写上只言片语。我的整个上午都泡在档案馆里，整个下午则徜徉在秋日可爱的天气里（连最高的山峰上也仅覆盖了一层薄薄的雪）。整个晚上都用来奋笔疾书受政府之托要完成的关于乌尔巴尼亚宫廷的历史介绍，其实毫无意义，仅仅是为了让自己做点什么而不至于闲着。至于自己的历史，我还没想好要写什么。哦，等等，我必须记录下一件有趣的事。我今天偶然看到一个无名氏写的手稿里有关罗伯特公爵的一生。当这个王子让吉安博洛尼亚的学生安东尼奥·塔西在科茨广场竖起他骑在马上的雕像时，无名氏的手稿里说道，他秘密地让人打造了一个他的精灵或天使形状的

---

[1] 古希腊神话里一位住在山林里的仙女，因为不愿意接受河神阿尔斐俄斯的追求而逃跑，月神阿耳特弥斯怜悯其处境，又感于情况的急迫，遂助她化为泉水，以摆脱河神的纠缠。

银质小雕像——"familiaris ejus angelus seu genius, quod a vulgo dicitur idolino"——并放在塔西为他做的雕像的胸腔内部,为了他的灵魂能够安息直到最后的审判日。这段文字很奇怪,尤其对我来说很是迷惑不解;作为一个天主教徒,罗伯特公爵就应该相信当他与他的肉体分开时他就该去地狱,那么他的灵魂何以要等到最后的审判日?或者文艺复兴时期有些半异教徒的迷信说法(当然这对一个红衣主教来说是非常奇怪的)认为如果能通过一些神奇的魔法术让灵魂附着在守卫精灵上,从而留在人世间,那么灵魂就还是跟肉体在一起直到最后的审判日?我承认这个故事使我很困惑。我不知道是否曾经有这样一个小精灵存在,或者现在依然存在于塔西所塑造的青铜雕像里?

10月20日

我最近常常与副市长的儿子见面:他是一个和蔼可亲的年轻人,面带忧郁之色,似乎常常为情所困,他对乌尔巴尼亚的历史和人文古迹既一无所知,也毫无兴趣。这个年轻人在他父亲被提升到这里之前住在锡耶纳[1]和卢卡[2],他穿着又长又紧的裤子,让人不禁担心他是否能弯得下膝盖;他总是把衣领高高竖起,戴着单片眼镜,上衣贴胸的口袋里插着一副崭新的羔皮手套,讲起乌尔巴尼亚语来就像奥维德[3]讲本都[4]语一样。他常常抱怨当地年轻人的野蛮粗俗:比如在我就餐的饭馆吃饭的官员们像疯子一样又唱又叫;驾着二轮马车的贵族们像舞会上的女人一样展露着他们的颈部。这个年轻人总是跟我聊他过去的,现在的,甚至将来的情人;并且因为我没有任何风流韵事可以跟他交流而认定我是个非常古怪的人;当我们走在大街上时,他总是指给我看那些美丽的(或是丑陋的)女仆及女裁缝,大声地赞叹,或是用假声在每一个长相还过得去的年轻女子身后唱歌,最后带我去他梦中情人的住处,她是一个高大的长着黑色髭毛的女伯爵,说话时声音好似鱼贩子那么粗犷洪亮;他说在这儿可

---

1 意大利中部城市。
2 意大利西北部城市,在佛罗伦萨以西。
3 奥维德(公元前48—公元17),古罗马诗人。公元元年发表《爱的艺术》,描写爱的技巧,传授引诱及私通之术,与奥古斯都推行的道德改革政策发生冲突。公元8年被流放到托弥,十年后忧郁而死。公元7年完成的《变形记》,代表了作者的最高水平。
4 黑海南岸古王国。

以遇见整个乌城最棒的女伴以及一些美丽的女子——啊哈，真够美丽的，天啊！我发现她家里有三间宽敞的简单装饰过的房间，光秃秃的砖石地板，昏暗的煤油灯，像清洁球般亮蓝及藤黄色的墙壁上挂着一些技法低劣而内容不堪的画，每天晚上，在屋子的中间都有一群男人和女人围坐成一圈，大声喧哗着，不断重复着老掉牙的话题；当我冷得牙齿直打寒颤时，那些身着亮黄绿色礼服的年轻女子却在不断地扇扇子，与那些头发梳得像刺猬一样的小职员们在扇子掩饰下低声地打情骂俏。这些就是我的朋友希望我能与之坠入爱河的女人！在百无聊赖地等待着茶点和晚餐无望后，我决定逃回家中，逃离这个乌尔巴尼亚城的上流社会。

尽管我的朋友不相信，但我没有情人这是千真万确的事。当我初来乍到意大利时，我四处寻找着浪漫；我就像歌德在罗马一样，叹息着，急切地寻找着每一扇打开的窗，每一个突然出现的美人，"welch mich versengend erquickt[1]"也许是因为歌德是德国人，已经习惯了德国式的欺骗，而我毕竟是波兰人，我所习惯的与之正相反；但无论在罗马，佛罗伦萨，还是在锡耶纳，无论是在那些用笨拙的法语交谈的女士，还是在那些下层社会狡黠而又冷酷的放高利贷者，我竭尽全力都无法找到那个我能为之疯狂的女人；所以我不喜欢意大利的女性，她们刺耳的声音和俗气的打扮让我避之唯恐不及。我热爱历史，热爱过去，热爱那些像卢卡齐蕾亚·博尔贾，维托利亚·奥克冉博妮[2]那样优雅美丽的女人，或是现在我正心仪的美狄亚·德·卡尔比；也许有一天我会有一种巨大的激情来和一个像我一样的波兰女人共演一出堂吉诃德，一个可以与之共生，愿意为之赴死的女人；但不是在这儿！意大利女人的堕落真让我感到无比吃惊。福斯提娜，马若嘉斯，比安卡·卡比洛的后代现在都在哪儿呢？到哪里去找另一个美狄亚·德·卡尔比（我承认她令我魂牵梦萦）？如果有可能让我遇见这样一个貌美如花而又天性冷酷的绝代佳人，我相信我一定会爱上她，直到那最后的审判日，就像奥利维罗托·纳尔尼，弗朗其帕尼或普林齐瓦莱一样。

---

1 原文为德语。
2 维托利亚·奥克冉博妮（1557—1585），意大利贵妇。

10月27日

　　上述的这些细致的情感是属于一个教授的，一个有学问的人！我认为罗马的青年艺术家都挺幼稚的，因为他们搞恶作剧，从格雷科咖啡馆或维亚帕罗门贝拉小酒馆里出来后就在大街上大喊大叫；但是难道我——一个被人称作哈姆莱特及哀伤骑士的忧郁的可怜虫，不也是幼稚到了极致吗？

11月5日

　　我无法摆脱自己对这个美狄亚·德·卡尔比的思念。无论在散步，上午在档案馆，孤独的夜晚，我发现自己都在想这个女人。难道我从一个历史学家变成了一个小说家？而且对我来说我好像跟她已经很熟了，我对她的了解比史书上记载的事实还要多。首先，我们必须摒弃关于对与错的学究式的现代理念。对与错的观念在一个充满暴力和背叛的年代是不存在的，至少对于像美狄亚这样的人来说。对一个母老虎宣扬对与错的道理，无异于对牛弹琴。但在这个世界上又有谁比这个庞然大物更强大呢？当她跳起来时比她更冷静，当她准备出击时比她更柔顺，比如伸展她柔软的身躯，捋顺她美丽的皮毛，将她的猎物紧紧握在爪子里时。

　　是的，我可以读懂美狄亚。试想一下一个拥有惊人美貌的女子，拥有强大的自信和冷静，拥有无尽的资源，拥有高智商，由曾是王子的父亲抚养长大，熟知塔西佗[1]和塞勒斯特[2]，以及马拉泰斯塔[3]和恺撒·博尔吉亚的故事，诸如类似！——一个心中充斥着征服欲和帝王权力的女人——试想一下，在与有权有势的斯蒂米格利亚诺公爵结婚的前夜，她哭诉，她曾被皮克家族的小人物抢走并关在他所继承来的城堡里，并且不得不接受这个蠢货火热的爱，还要必须以此为荣！仅仅想想这样一个美丽尤物被暴力冒犯就已让人火冒三丈了；如果皮克冒着被藏在她袖子

1　塔西佗（55—120），古罗马元老院议员，是古代罗马最伟大的历史学家，他继承并发展了李维的史学传统和成就，在罗马史学上的地位犹如修昔底德在希腊史学上的地位。

2　塞勒斯特（公元前86—前34），古罗马历史学家、政治家。他师从希腊名师，受过良好的教育，通晓希腊语，具备一定的修辞、文学修养，熟悉德摩斯提尼、柏拉图、色诺芬等人的作品，他的著作里所体现的简洁文风和修昔底德又有许多相似之处。政治上始终支持恺撒并持反对西塞罗的立场。在他的文学作品里更重视自己著作的趣味性和道德教化作用。代表作有《喀提林阴谋》、《朱古达战争》等。

3　1295—1500年统治意大利的一家族。

里的利器刺杀的危险执意要拥抱这个女人的话，只能说这是个公平的交易。年轻的猎犬，或者你更喜欢少年英雄这个词——想要像对待一个村妇一样来对待这个女人！美狄亚嫁给了她的奥尔西尼。请注意这是一场五十岁的老男人和十六岁的少女的婚姻。想想这意味着什么：这意味着这个飞扬跋扈的女人瞬间被当成私有财产对待，她被告之当务之急就是为公爵生一个继承人，这是命令，没有商量余地；她永远不许问"为什么这样或那样"；在他的顾问、上尉、情人们面前她必须温顺有礼；只要有一点点反抗的倾向，她就会遭到他的恶言相向甚至是拳打脚踢；只要觉得她有一点点不忠，她就被掐着喉咙直到差点窒息，或者遭到断食的待遇，甚至被扔到地下密牢里关着。假设她知道她丈夫已察觉到她过于关注这个男人，或者她听到他的卫兵或女仆们在窃窃私语说这个叫巴托洛米奥的男孩最终会很快成为皮克而不是奥尔西尼。假设她知道她必须反抗否则就是死路一条？为什么不呢？她决定反抗，或找人替她出气。以什么为代价呢？许对方以爱情，把自己的爱许给一个男仆，农奴的儿子！呵呵，这人不是疯了就是喝醉了才会相信她的话；他对任何事都不假思索地轻信让他死得其所。而且他竟然敢到处乱说！这一点比皮克还要可恶。美狄亚决定要第二次捍卫她的名声；如果她能刺杀皮克，她就能刺杀这个家伙，或者找人刺杀他。

　　由于被她丈夫的亲戚追杀，她只好逃到乌尔巴尼亚。像其他任何一个男人一样，乌尔巴尼亚公爵疯狂地爱上美狄亚，并置他的妻子于不顾；我们甚至可以说他伤透了妻子的心。这是美狄亚的错吗？难道她的马车轮所压碎的每一颗石子都是她造成的吗？当然不是。你能设想像美狄亚这样的女人难道会对可怜而懦弱的马德莱娜公爵夫人有哪怕一点点的恶意吗？显然，她完全忽略了她的存在。把美狄亚称为没有道德的女人就和认为她是残忍的女人一样荒唐。她的一生是注定或早或晚总要战胜她的敌人，无论如何都会让他们的胜利转变为失败；她的魔力就在于她能让所有与她有关的男人都乖乖地听命于她，这些男人只要看见她就会爱上她，成为她的奴隶；而这些爱的奴隶则注定要为她而死。除了杜伊达阿尔方索公爵，她的情人们都过早的死去；这没有什么公平可言。拥有像美狄亚这样的女人对一个凡人来说已太过欣喜了，这会让他得意忘形，忘记他欠了她什么；如果哪个男人认为他有权支配她的话，他就该活不长了；这听上去有点亵渎神灵。但只有死亡，只有心甘情愿地用死来回报这种快乐才能让一个男人配得上成为她的情人；他必须甘愿去爱、去受苦直至献身。这就是她墓碑上的铭文"不渝的爱"的含义。美狄亚·德·卡尔比的爱永不凋零，但她的爱人可以死去。这是一种永恒而又残忍的爱。

11月11日

　　我想我是对的。我终于找到了——哦，我太高兴了！我请副市长的儿子在意大利斯特拉饭店吃了一顿五道菜的大餐，仅仅是因为我太欣喜若狂了——我在档案馆里发现了连馆长都不知道的大量信札——罗伯特公爵写的有关美狄亚·德·卡尔比的信，及美狄亚自己写的信！是的，美狄亚的亲笔笔迹——圆体字，学院派的痕迹很重，多处使用简写，看上去像希腊文，这得益于这个受过高等教育的博学公主能够读懂柏拉图及彼德拉克。这些信件没什么特别的，仅仅是些需要秘书誊写的商业信函的草稿，这个时期正好是她替代年迈体虚的杜伊达阿尔方索管理的时期。但这些是她的信，我几乎可以想象这些信纸散发着一种女人头发的芳香。

　　为数不多的几封罗伯特公爵的信笺让我们对他有了新的认识。一个狡猾的、冷静的但同时又是懦弱的神父。仅仅想到美狄亚就足以让他浑身发抖——他称她为"卑劣的美狄亚"，这是个比她的同名美狄亚·克尔吉斯更糟糕的名字。他对她长期的宽容仅仅是因为他不敢对她采用暴力。他怕她具有某种超能力；如果把她当女巫烧死他会感到更放心。在一封接一封的信里，他不断地告诉他的密友，住在罗马的圣塞维里诺红衣主教，在她活着的时候他采取的各种措施——在外套里穿着带盔甲的夹克；他只喝当着他的面挤出来的牛奶；在他吃饭前先拿一小部分让狗试吃，唯恐被人下毒；当他闻到蜡烛的异味时就怀疑是不是被人做了手脚；他不敢骑马出去唯恐有人故意惊吓他的马使他从马背上掉下来摔断脖子——诸如此类，并且在美狄亚已入土为安两年后，他还告诉他的通信者他担心他死后会遇见美狄亚的灵魂，并为他的一个天才设计而沾沾自喜（这个设计来自他的占星师和某个托钵僧弗拉·高登齐奥），通过这个装置，邪恶的美狄亚最终会被链条锁在地狱的水深火热之中，就像不朽的诗人所描写的那样，而他的灵魂则能安享平和——真是书呆子！看啊，这就是他对这个银塑像的解释——quod vulgo dicitur idolino——他用这个银像来看守由塔西为他塑的雕像。只有当他的灵魂附着在他的塑像上，他就能安稳地沉睡直到末日来临，他十分确信美狄亚的灵魂将会被涂上焦油粘上羽毛永世不得翻身，而他这个老实人，将会直接飞入天堂。两周前当我想到这事，我相信这人一定是个英雄。哈哈，我的好罗伯特公爵，你一定会在我的书中拥有一席之地的，再多的银像也不能让你逃脱被嘲笑的下场。

11月15日

奇怪！这个副市长的白痴儿子，在听我讲了无数遍美狄亚·德·卡尔比后，突然想起来小时候在乌尔巴尼亚，他的保姆曾吓唬他说骑着黑山羊的马多娜·美狄亚就要从天而降来找他了。我的美狄亚公爵夫人变成了一个用来吓唬调皮小男孩的妖怪了！

11月20日

我带着一位研究中世纪历史的巴伐利亚教授四处走走，领略整个乡村的风景。我们去了圣埃尔莫城堡，去看看从前乌尔巴尼亚公爵住过的别墅，美狄亚也曾被软禁在这里，在罗伯特公爵的接管及马尔堪托米奥·弗朗吉佩尼策划刺杀公爵这段期间，后者导致美狄亚立即从城中搬出，被关到一个女修道院里。我们骑了很长的路来到荒无人烟的亚平宁山谷，这里的荒凉简直难以用言语形容，橡木丛的边缘已渐变成赤褐色，薄薄的草地也由于霜冻而渐渐枯萎，杨树的最后几片黄叶在刺骨的屈拉蒙塔狂风的阵阵侵袭下颤动着，摇晃着；山峰的顶尖处在厚厚乌云的包裹下若隐若现；明天，如果狂风持续发作的话，我们就能看见山顶厚厚的积雪映衬着寒冷而清澈的蓝天。圣埃尔莫是一个坐落在亚平宁山脉上的荒凉的小村庄，这里的意大利植被早已被北方的植物所代替。你策马几十里穿过无叶的栗子树林，空气中弥漫着湿透了的棕色叶子的香气，狂风夹杂着秋日的骤雨从悬崖的下面渐渐向上咆哮着；突然光秃秃的栗树丛林就被一大片浓黑茂密的冷杉林所替代，就像在瓦隆布罗萨一样。穿过这片树林，你就来到一片开阔的空地，眼前的草坪在霜冻的侵袭下已枯萎，在你的近旁有一片岩石，石尖已被刚刚从天而降的大雪覆盖；在空地的中央，在一个小山丘上，在两旁盘根错节的落叶松的包围中，赫然矗立着公爵的领地圣埃尔莫别墅，这是一个在石头上雕刻着盾纹图案的巨大的黑色石头房，窗户上装着栅栏，前门有两排台阶。现在这个房子出租给附近林子的所有者，被用来储藏栗子，柴把及壁炉需要的木炭。我们把马拴在铁环上然后走进屋子：屋子里只有一个孤零零的老妇人，头发蓬乱，不修边幅。这个宅子原本是个狩猎小屋，是杜伊达阿尔方索和罗伯特公爵的父亲奥托布尔诺四世在1530年建成的。有些屋子曾经有壁画和橡木雕刻的嵌板，但如今都消失了。只有在其中的一个大房间里还保留一个很大的大理石壁炉，跟那些乌尔巴尼亚宫殿里的很像，蓝色的地面上雕刻着丘比特，一个可爱的裸身男孩两手各拿一个花瓶，一个瓶里放装着康乃馨，另一个则放着玫瑰。屋子里堆满了柴火。

　　我们很晚才回到家。我的同伴由于这次一无所获的探险而心情极差。当我们进入栗树丛时陷入了一场暴风雪。眼前的大雪纷飞，像鹅毛般不断从天而降，地面和灌木丛到处都银装素裹，让我恍惚回到了孩提时代的波森[1]，我像个孩子似的又唱又叫，让我的同伴惊得目瞪口呆。如果汇报给柏林方面一定会是个对我不利的不良记录。想想看，一个二十四岁的历史学家又唱又叫，高兴得手舞足蹈，而另一个历史学家则在愤怒地咒骂着该死的大雪和糟糕的路况。整个晚上我都睁着眼睛望着壁炉里的余火，想着美狄亚·德·卡尔比被囚禁的样子，在那寒冷的冬天，在那荒凉的圣埃尔莫，杉树林呜咽着，狂风咆哮着，大雪鞭答着，在那杳无人烟的地方。我恍若看见了这一切，我好像变成了马尔堪托米奥·弗朗吉佩尼前去解救她——亦或是普林齐瓦莱·德格利·奥德拉弗？我想我出现这些幻觉大概是因为今天长途骑行太累了，再加上大雪打在身上的刺痛令人不适，或者也可能是因为教授坚持要在餐后喝一点潘趣酒所造成的。

11月23日

　　谢天谢地，巴伐利亚教授终于走了。这些天他待在这儿简直要把我

---

[1] 波兰地名。

逼疯了。在讨论我的工作时，我曾告诉他我对美狄亚·德·卡尔比的想法，于是他赏脸回答说这些普通的故事都是由于顺应文艺复兴时期创作神话（这个老白痴！）的潮流而被人杜撰出来的。他说研究会证明大部分的故事都是虚假的，就像现在有关博基亚家族[1]的故事等等已被证明是虚构的；并且我想弄清楚的这个女人无论在精神上或是肉体上都是不可能存在的。像他和他的同行这样的教授大多持相同的观点。

11 月 24 日

这个白痴终于离开了，我简直无法抑制住送走他的喜悦心情；每一次当他提到我心目中的女神——在这个笨蛋嘴里她变成了——米提亚时，我都恨不得掐死他！

11 月 30 日

刚发生的一切太让我震惊了；我开始担心也许这个老学究说的是对的，他说我独自一人生活在一个陌生的国度对我的健康非常不利，长久下去我会陷入一种病态。仅仅因为偶然发现了一位三百多年前就已死去的女人的画像就让我无比兴奋，这确实有点可笑。但由于家族里有我的叔叔拉迪斯拉斯和其他精神失常的亲戚这样的先例，我真的应该对我异常兴奋的愚蠢举止提高警惕，加以防范。

但这件事又是那么神秘莫测，充满了戏剧性。我可以发誓我熟知这宫殿里的每一幅画；特别是关于"她"的每一幅肖像。但是就在今天早上，当我离开档案室，经过众多小房间中的一间——都是些不规则形状的储藏室——装满了这个神秘宫殿的所有东西，这个角塔状的宫殿好似法国封建时期的城堡。我过去应该走过这间储藏室，因为它窗外的风景看起来很熟悉；前面有一个特别的圆塔，旁边的沟壑栽种着成排的柏树，远处是钟楼，覆盖着白雪的圣亚加塔山和莱昂内萨城在蓝天的映衬下依稀可见。我想大概有两间一模一样的房间，而我恰恰走错了房间；也可能是有人把百叶窗打开，或者把窗帘拉起故而显得有些不同吧。当我经过时我的眼睛被一幅非常美丽的镶嵌在黄棕色墙上的旧镜框吸引住了。

---

1 意大利家族，在 14 到 16 世纪间十分有影响力，包括教皇亚历山大六世的儿子和女儿凯撒。

我走过去，仔细欣赏着镜框，同时也下意识地朝镜子里看。这一看不由让我大为震动，几乎惊叫出声，我十分确信——（谢天谢地慕尼黑教授在乌尔巴尼亚还是安全的）。在我身后站立着另外一个人，身体离我的肩膀很近，脸也靠近我的；而这身形，这面孔，就是她！美狄亚·德·卡尔比！我猛一转身，脸色煞白，我想我一定见到鬼了。就在我身后一两步开外，正对着镜子的墙上挂着一幅画像。好一幅画像！——布龙奇诺[1]从来没有画过这么大的肖像。在醒目的深蓝色背景下，公爵夫人（因为她就是美狄亚，如假包换的美狄亚，逼真程度远胜于她的其他任何一幅画像）的风姿跃然画上。她笔直地坐在一张高背椅上，近乎僵硬地保持同一姿势，因为她穿着紧身的浮花织锦缎裙子和紧身胸衣，胸饰上的银丝花束刺绣和成排的镶嵌珍珠使衣服更显硬挺。这件银丝和珍珠交织的礼服色彩呈单一的红色，是那种像罂粟汁般鲜红得近乎邪恶的颜色，衬托出她那双长而窄的纤手更显白皙柔细；细而单薄的脖子更显柔美，额头细腻而光滑，脸庞苍白而冷漠，就像雪花石膏雕像一样。这张脸跟她的其他画像中的脸是一样的：同样饱满的额头，橙红色的短发像羊毛一样卷曲着；同样曲线美丽的弯眉，只是不那么明显；同样顺着眼睛稍稍有些紧致的眼睑；同样的嘴唇，嘴角轻轻抿着；但这张画像的线条清晰洁净，肤色炫目迷人，眼神深邃莫测，远非她的其他所有画像所能比拟。

画像上的她似乎朝你投来了冷冰冰的一瞥，但她的嘴角却在微笑。她的一只手握着一朵暗红的玫瑰；另一只手的纤纤细指把玩着从腰上垂下的镶着金丝和珠宝的饰带；半掩在暗红色紧身胸衣里的大理石般白皙光滑的脖颈上悬挂着一条金项圈，间或装饰着珐琅图案，上面刻着，"不渝的爱——爱永不渝"。

回想起来，我觉得我从来也没走进过这间屋子；也许是我弄错了门。但尽管这个解释简单合理，在经过了几个小时后，我还是感觉非常的震惊。如果我的情绪持续这样激动，我必须要去罗马度假过圣诞节放松一下。我感到有种危险正步步紧逼（可能是因为我发烧的缘故吗？）；但是，但是，我不知道我该如何从这件事中走出来。

---

[1] 布龙奇诺（1503—1572），意大利画家。

12月10日

　　我的内心激烈斗争了一下，然后接受了副市长的儿子的邀请去参观他们家靠近海边的别墅里的制油过程。这个别墅，或者说是农庄，是一个老式的加固过的塔状房子，矗立在山坡上，在橄榄树和低矮的柳树丛的掩映下，看起来就像一团明亮的橙色火焰。橄榄果实被堆在一个巨大的黑暗地窖里，像监狱一样：你瞧，白日的光线十分微弱，树脂在平底锅里熔化后形成冒烟的黄色火光，高大的白色公牛缓缓推动一个巨大的磨盘；模糊的人影在滑轮和操纵杆旁工作：恍惚中看来就像一个刑讯逼供的现场。卡瓦利耶尔一家拿出最好的葡萄酒和面包干盛情款待我。饭后我沿着海边散步了很长一段时间；我离开乌尔巴尼亚时它正在重重的雪海包裹下与云雾连成一片；而这里在海边却是丽日当空，艳阳高照，阳光、大海以及喧嚣的亚得里亚小海港让我感觉很好。我回到乌尔巴尼亚时像是变了一个人。我的房东索·阿斯卓巴尔正穿着拖鞋在屋子里走来走去，打量着镀金的柜子，帝王式沙发，古董杯碟以及无人过问的画，看到我时称赞我的气色有了很大改观。"你平日工作太辛苦了，"他说，"年轻人需要娱乐，看戏，兜风，谈情说爱——只有当他头发掉光时他才该认真地专注工作——"然后他脱掉头上那顶油腻的红帽子。哈，看来我的头发要比他多些。因此我带着愉快的心情再次投入工作。我还是想要超过他们，那些自以为是的柏林佬。

12月14日

　　我感到在工作中从未有过的快乐。我把一切都看清了——狡猾多变而又胆小懦弱的罗伯特公爵；性情忧郁的马德莱娜公爵夫人；软弱愚钝而又好大喜功，自称有骑士风度的杜伊达阿尔方索公爵；最重要的是，那光彩照人的美狄亚。我认为我是这个时代最伟大的历史学家；与此同时，我又幼稚得像个12岁的小男孩。昨天这个城市下了第一场雪，下了整整两个小时。当雪停了，我就到广场上去教一群小叫花子堆雪人；不，确切地说是堆一个雪女；我想要叫她美狄亚。"坏女人美狄亚！"其中一个小男孩嚷道，"是那个曾经骑着山羊在空中飞过的女巫吗？"

　　"不，不，"我说，"她是个美丽的女子，乌尔巴尼亚公爵夫人，世界上最美的女人。"我用金属亮片为她做了一顶皇冠，并教孩子们喊：

"万岁，美狄亚！"但他们中有个男孩说："她是个女巫，她应该被烧死！"然后他们跑去拿来燃烧着的柴把和麻绳，一转眼这群叫喊着的小恶魔就把她融化了。

12月15日

　　我真是不知天高地厚，我只有24岁而竟然想在文学界声名远扬！在长时间的散步中我创作了一首曲子（我也不知道它是什么），现在大街小巷的人们都在哼唱或吹成口哨，一首用蹩脚的意大利语写的诗，开头是"美狄亚，美亚——迪亚"，以她不同的情人名义呼唤她。我边闲逛边从齿缝中哼唱这首歌，"为什么我不是马尔堪托米奥？或者普林齐瓦莱？或者是纳尔尼？又甚或是阿尔方索公爵？这样我就能被你爱上了，美狄亚，美亚——迪亚"，等等，等等。都是些可笑的废话。我想我的房东肯定怀疑美狄亚是我在海边认识的某个女孩。我相信索拉·塞拉菲娜，索拉·洛德维卡和索拉·阿达尔吉萨——我称她们为命运三女神———定也是这么想的。今天下午黄昏时刻，索拉·洛德维卡边整理我的房间边对我说："少爷您开始喜欢唱歌了。这可真好！"我几乎没有意识到我是在大声叫嚷："跟我走吧，美狄亚，美亚——迪亚。"这时老妇人正在帮我生壁炉的火，我停下不唱了。我想保持我的好名声，如果这一切传到罗马，就会传到柏林。索拉·洛德维卡把身子探出窗外，抓住铁钩子，把标志索·阿斯卓巴尔住宅的神社灯拉进屋。她把灯整理了一下，然后重新把灯推到窗外，这时，她突然用一种奇怪而略带拘谨的语调说："你真不该停下不唱了，我的儿——"（她总是变换对我的称呼，有时叫我教授阁下，有时又慈爱地称我"毛头小子"，"小家伙"等等）"——你真不该停下你的歌声，街那边有个年轻姑娘正停下脚步听你唱歌呢。"

　　我冲向窗户边。有一个女人，裹着黑色的披肩，正站在门廊下，正抬头往上看。

　　"啊哈，教授阁下有仰慕者了。"索拉·洛德维卡调侃道。

　　"美狄亚，美亚——迪亚！"我用尽全力大声喊道，像孩子一样为引起好奇的过路人的困惑而感到欢愉。她突然转身朝我挥了挥手，然后匆匆离去。这时正好索拉·洛德维卡把神社灯推回到原位。一圈昏黄的灯光投向了街对面。刹那间我觉得浑身的血液都快要凝固了。那个女人的脸分明就是美狄亚·德·卡尔比。

我真是个蠢货，的确是。

第二部

12月17日

　　我非常担心由于我的那些愚蠢的言论和近乎白痴般的歌，我对美狄亚·德·卡尔比的狂热会变得众所周知，因此有人想要借机捉弄我一下，也许是副市长的儿子——或是档案馆的助理，又甚或是伯爵夫人的女伴。但是请注意，女士们先生们，我会让你们付出代价的！请考虑一下我的感受吧，今天早上我发现我的桌上有一封写明收件人是我的折叠的信，那奇怪的字体看起来有种陌生而又熟悉的感觉，过了一会儿我突然想起这不就是我在档案馆看到的美狄亚·德·卡尔比的信上的笔迹嘛。这让我不禁毛骨悚然。我转念一想，这也许是某个知道我对美狄亚有兴趣的人开玩笑送给我的礼物——一封美狄亚写的亲笔信，只不过那个白痴没有把它放在信封里，而是直接把我的地址写在信纸上。但是，这不是以前的信，而是一封收件人是我，并且写给我的信；只有四行字，是这么写的：

　　　　致斯毕瑞狄恩
　　　　　　一个知道你对她感兴趣的人今晚九点将在圣乔瓦尼迪克拉图教堂等你。注意，在左边的通道，有个穿黑色斗篷的女人，手里拿着一朵玫瑰。

　　这下我明白了，我成为了一个阴谋的对象，一场骗局的受害者。我把信翻过来倒过去仔细检查，这是一张看起来像是16世纪制造的信纸，而且笔迹模仿美狄亚的字迹简直惟妙惟肖，几乎可以以假乱真。到底是谁写的？我仔细地考虑每一个可能的家伙，最后，我认为最有可能的是副市长的儿子，也许还有他的情人，伯爵夫人。他们也许从某个旧的书信上扯了一张空白信纸下来；但是他们中不管是谁竟有这天分策划如此巧妙的骗局，并且还有这等伪造能力，这让我大为震惊，看来我太低估他们了。我应该怎么报复他们？不去理睬这封信？尊严倒是保住了，只是未免有些无趣。不，我应该去。也许真有人在那儿，那我就可以反过来让他们感到迷惑了。或者，如果那儿没有人，我就应该对他们计划实施得不完美而嗤之以鼻。又或许这是卡瓦利耶尔·穆齐奥干的蠢事，想要为我安排一个他认为能够点燃我爱欲之火的姑娘做我的情人，这非常有可能。如果真是这样，放弃如此唾手可得的机会岂不显得既愚蠢又没礼貌？并且能够伪造 16 世纪信笺的女孩还是值得认识的，鉴于我知道懒散又肥胖的穆齐奥是不可能有这本事的。我一定要去，看在上帝的份上！我一定要以其人之道还治其人之身！现在才五点——时间怎么过得这么慢！

12 月 18 日

难道我疯了吗？或者真有鬼魂存在？昨晚的历险让我惊骇到了极点，我的灵魂深处都在不停地战栗着。

按照那封神秘的信件所吩咐的，我九点准时到了那儿。外面刺骨的寒冷，空气中还有浓厚的雾和细细密密的雨夹雪；所有的商店都关门了，所有的百叶窗都紧闭着，马路上空无一人。起伏不平的街道两旁高墙林立，拱门巍峨，零零散散的油灯闪烁的微光倒映在被雨水打湿了的旗面上，在暗淡的灯光映衬下原本就狭窄黑暗的街道显得更加黝黑深邃。圣乔瓦尼迪克拉图教堂只是一个小教堂，或是一个小礼拜堂，迄今为止我看到它总是大门紧闭（就像这里的许多教堂都是关着的，只在重大节日时才开门迎客）；它坐落在公爵府的后面，在一个陡坡上，正好位于两条陡直小径的交叉处。我无数次经过这个地方，却几乎没留意过这个小教堂，除了大门上方的大理石高浮雕，依稀可见浸礼会主管灰白的头像，以及旁边的铁笼子，据说以前曾展示罪犯的头颅；还有那被斩首的施洗约翰，显然是斧和矛的守护神。

从我住的地方到圣乔瓦尼迪克拉图教堂只要走短短的几步路。我承认我很兴奋；一个不到二十四岁的一无所有的波兰人。在走到那两条陡直小径的交叉处有一个小平台，站在平台上我惊奇地发现教堂，或是礼拜堂的窗户没有灯光，而且门是锁着的。因此这显然是一个故意捉弄我的恶作剧，把我在这么彻骨寒冷又下着雨夹雪的冬夜叫到一个常年大门紧闭的教堂门口，这简直太过分了！我不知道在狂怒之下我还能干什么；我很想破门而入闯进教堂，或是去把副市长的儿子从床上拎起来（因为我认为这个玩笑就是他开的）。我决定执行后者，于是我沿着教堂左边的黑巷子向他家走去。突然我听到旁边传来风琴的演奏声，是的，是风琴，非常清楚，还有唱诗班的歌声和一片低沉的祈祷声。也就是说至少教堂是开着的！我又原路返回到小径的最高处，周围还是一片黑暗以及死一般的沉寂。突然又传来一阵微弱的风琴声和歌声。我侧耳倾听，它显然来自另一条小径，右手边的那条。难道那儿有另外一个门？我从拱廊下走过，往下走了几步，向着声音传来的方向走去。但是没有门，没有灯光，只有黑魆魆的墙，湿漉漉的旗，忽明忽暗的油灯发出闪烁的微光倒映在旗面上，除此之外，一片寂静。我驻足了一分钟，然后咏唱声又响起，这一次我十分肯定声音是从我刚刚离开的巷子传出来的，我又走回去——还是什么也没有。就这样来来回回，声音始终在召唤我，但我还是徒劳地在两条巷子间来回奔波，却什么也找不到。

　　最后我终于失去耐心了，而且我感到一种强烈的恐惧正从心底慢慢弥漫上来，只有用力地去做点什么才能消除这种感觉。如果这些神秘的声音既不是从左边的巷子里传来，也不是从右边的巷子里传来，那就只有一种可能，就是来自教堂。在几近歇斯底里的状态下，我冲上了两三级台阶，准备用尽全力撞开教堂的门，大大出乎我的意料，门被不费吹灰之力地推开了。我走了进去，当我站在外门和皮革幔帘之间时，里面连祷的声音较之前又大了许多。我掀开幔帘悄悄走进去，圣坛在锥形蜡烛和枝形吊灯组成的花环的照耀下显得灿烂夺目，光亮无比；这显然是某个跟圣诞节有关的晚礼拜仪式。教堂的正厅和过道相对来说是暗的，里面的人大约有一半多。我沿着右边的过道在人群中用肘推搡着向圣坛前进。当我的眼睛逐渐适应了骤然而来的光亮时，我开始四下张望，并且心脏也由于紧张而怦怦作响。我原先以为这一切都是恶作剧，而我也只会看到卡瓦利耶尔的一些熟人，这样的想法已经消失了。我打量着四周，身边的人都穿裹得严严实实，男人们穿着宽大的斗篷，女人们戴着羊毛面纱披着披风。整个教堂都显得很黑暗，我无法看清任何东西，但在我看来，在披风和面纱之下，这些人们的衣着打扮属于一种非常奇怪的式样。我前面的那名男子，在斗篷下穿着黄色的长筒袜；我旁边的一个女人则穿着红色的紧身衣，下摆是镶金边的蕾丝花边。他们会是远道而来参加圣诞庆祝活动的农民吗？或者是乌尔巴尼亚的当地居民穿着旧式的礼服来参加圣诞盛典？

正当我迷惑不解的时候，我突然看见对面过道有一个女子，站得离圣坛很近，圣坛的灯光完全笼罩在她身上。她穿了一身黑衣服，手里却拿了一支红玫瑰，在乌尔巴尼亚这个小地方的冬天，此举可算是低调的奢侈了。她显然看见我了，越发向光亮的地方靠近，然后松开她那件厚重的黑色披风，露出深红色的礼服，上面绣满了金线和银线，亮光闪闪；她把脸转向我，吊灯和蜡烛的光芒全照在她的脸上，这是美狄亚·德·卡尔比的脸！我试图推开站在我前面的人们，以便穿过教堂大厅向她奔去。但在我看来我好像穿过了一群无形的身体。这时那位女子已转身快速沿着过道向门口走去。我紧跟着她，但不知什么原因就是无法靠近她。突然，在幔帘旁，她又再次转身，离我只有几步之遥。是的，她是美狄亚，如假包换的美狄亚，不是错觉，不是赝品，我看得真真切切，椭圆形的脸蛋，红唇紧闭，眼睑深邃，精致而光滑的面容！她掀起门帘快步走了出去。我跟上时，门帘又挡在了我们中间，我看见木门在她身后自动关上了。只差一步了，我冲出大门，她应该还在台阶上，我一伸手就能抓住她。

我站在教堂的外面，四下空无一人，只有湿漉漉的人行道和路面上水洼里的灯光倒影；我突然感到一阵寒意袭来，我不能再往前走了。我想要再回到教堂里，门已经打不开了。我惊慌失措地一路狂奔回家，像个疯子一样毛发直竖，四肢抽搐，直到一小时后才渐渐平息下来。这一切难道是幻觉吗？难道我疯了吗？哦，上帝！我真的疯了吗？

12月19日

一个阳光灿烂的日子。所有的黑色的雪泥一夜之间都消失了。树上，灌木丛里，哪儿都没有了雪的踪迹。只有那山顶上的覆盖的积雪还在，白得耀眼，映衬着深蓝色的天空，显得格外美丽。这是一个礼拜天和礼拜天的天气；所有的钟声都响起了，因为圣诞节就要来了。人们正在准备一个将在广场上举行的商品交易会,他们搭起了一个个摊位,摆上五彩的棉花和羊毛制品,色彩鲜艳的披肩和方巾,镜子,锦缎,明亮的锡制灯具;整个一个零售商的"冬日童话"。猪肉店也用绿树枝和各种纸花编成的花环装扮得漂漂亮亮的,火腿和奶酪插满了小旗子和嫩绿枝。我走到门外去看牛群的交易市场;放眼望去,到处是纵横交错的牛角,牛鸣声和跺脚声此起彼伏:几百只高大的白色牛犊,足有一码长的牛角上挂着红色的流苏,密密麻麻地站在城墙下的小集市上等待着未知的命运。呸,为什么我要写这些废话?这些到底有什么用?当我强迫自己写下城市钟声,圣诞欢庆,以及牛犊交易时,我的内心也有一个疑问像钟声一样不停地敲打着自己:美狄亚,美狄亚!我到底是真的看见她了,还是我已神志不清了?

两小时后。圣乔瓦尼迪克拉图教堂——我的房东告诉我——在当地人的印象里从未被使用过。难道这一切都是幻觉或是梦境——也许是那晚我做的一场梦?我再次走出去眺望这座教堂。它还在那儿,在两条陡峭小径的交界处,大门上方是施洗约翰的浅浮雕头像。那门看来像是经年未开了。我还能看见窗玻璃上的蜘蛛网;它看上去确实如索·阿斯卓巴尔所说,只有老鼠和蜘蛛在里面聚会。但是——但是,我又清清楚楚,明明白白地记得里面所有的一切。在圣坛的上方有一张希罗底的女儿跳舞的画像;我记得她戴着白色的头巾和一簇红色的羽毛,希律穿着蓝色的卡夫坦长袍;我还记得中央吊灯的形状,它缓缓地转动着,其中有一根蜡烛由于干热几乎断成两半了。

这些事情,这所有也许我在其他地方也看到过的一切,无意识地储存在我的大脑里,也许不知什么时候就会出现在梦境当中;我曾听生理学家们提及此类事情。我还要再去一次:如果教堂是关闭的,那么这就很可能是一场梦,一个幻觉,过度兴奋后的后遗症。我应该立即前往罗马看医生,因为我不想就此精神失常。如果,另一种可能——啐!哼!在这件事上没有另一种可能。但是,如果教堂是开着的——那么,我就可能真的见到了美狄亚;我还想再次见到她,跟她说话。单单这么想就已经让我血脉贲张了,不是因为恐惧,而是因为——我也说不上来是因为什么。总之这个感觉让我震惊,但它又是如此美妙,真是个呆子!我的脑子里现在有些理不清的乱麻,有那么一点点混乱——就是这样！

12 月 20 日

  我再次去了教堂；我听到了音乐；我走进了教堂；我见到她了。我再也不能怀疑自己的感觉了。为什么我要怀疑？那些老学究们说死者不能复生，时光不能倒流。对他们来说，是的；但对我呢？对一个沉浸在爱恋中的，因为爱上一个女子而被爱情苦苦折磨、心力憔悴的男子？——一个女子，确实——好吧，让我把话说完。为什么就不能有可以被人们看见的鬼魂的存在？为什么她就不能回到人间呢？如果她知道这人世间还有一个男子只爱她，仰慕她一个人。

  幻觉？不可能，我看见她了，就想我看见我正在写字的这张纸一样；她站在那儿，圣坛的灯光笼罩着她。我听到她的裙子沙沙作响，我闻到她头发上的香味，我掀开她刚刚触摸过还有点摆动的幔帘，可惜又一次错过了她。但这一次，当我冲到洒满月光却空无一人的大街上时，我发现教堂的台阶上有一枝玫瑰——这枝玫瑰我刚才曾看见在她的手里——我摸了摸它，又闻了一下，是玫瑰，一枝真正的，新鲜的玫瑰，深红的颜色，还带着刚刚从树上摘下来的痕迹。我回到家把它放在水里，吻了又吻，已记不清亲吻了它多少次了。我把它摆在橱柜的顶部；下决心二十四小时内都不去看它，我害怕它只是一个幻觉。但我忍不住又看了它一眼……噢，天哪！这真是太可怕了；如果此刻我发现一具骷髅也不至于恐惧至此！那枝玫瑰，昨夜那枝看起来是新鲜采摘、娇艳欲滴、香气扑鼻的玫瑰，已俨然成了一朵颜色焦黄的干花——一个夹在书页中好几世纪的古玩意——在我的指间骤然溃成了一堆粉末。恐怖啊恐怖！上帝啊，但这究竟是为什么呢？难道我不知道我爱上的是一个三百年前就已死去的女人吗？如果我想要昨日刚盛开的鲜艳的玫瑰，菲亚梅塔伯爵夫人或是随便哪一个乌尔巴尼亚的女裁缝就会马上送上门来。玫瑰凋零成粉尘又怎么样呢？如果我能握住美狄亚的手就像我的手里现在握着玫瑰一样，亲吻她的娇唇就像昨日我亲吻玫瑰的花瓣，即便下一秒钟我将化为尘埃，她也将化为尘埃，我也心满意足了。

12月22日，晚上11点

我又一次看见了她！——几乎跟她说话了。我已暗自许诺要把我的爱给她了！啊，斯毕瑞狄恩！你的感觉是正确的，你不适合任何人世间的恋爱。今晚我又跟往常一样到圣乔瓦尼迪克拉图教堂去。这是个晴朗的冬日夜晚；高高的房屋和钟塔在深蓝色天空的映衬下闪闪发光，熠熠生辉，就像缀满无数星星的钢架子；月亮还没升上来。教堂的窗子里没有灯光；但我几乎不费吹灰之力就把门推开了，我走了进去，祭坛跟往常一样灯火通明，耀眼夺目。我突然十分震惊地发现教堂里四处站着的人群，男人和女人，绕着圣坛边走边唱圣歌的牧师们竟然都是死人——除了我之外没有人能看见他们。我假装无意中碰了一下站在我身边的人的手；感觉十分冰冷，就像粘湿的泥土。他转过身，但并不像在看我：他的面孔死灰一样苍白，他的眼睛直勾勾地盯着前面，如同盲人或是尸体一般。我感觉我必须赶快逃出去。就在这时，我看见了她，像往常一样她站在祭坛的台阶旁，披着黑色的斗篷，整个人都笼罩在耀眼的灯光中。她转过身；光线直接照在她的脸上，娇美无比的脸蛋，稍稍低垂的眼帘，微微轻启的粉唇，雪白光滑的肌肤略略带着点淡淡的粉红，仿佛吹弹可破。我们的目光相遇了。

我从教堂正厅拥挤的人群中间使劲地挤向她所在的圣坛台阶；她则飞快地走向边上的过道，我紧紧地跟着她。有一两次她稍稍地停下了脚步，我以为这下我能追上她了；但还是跟以前一样，当教堂的门刚刚在她的身后关上，我已随即跨出门槛来到大街上，可她还是销声匿迹了。教堂的台阶上放着一个白色的东西。这一次不是花，而是一封信。我冲回教堂想看一下信；但教堂的大门紧闭，就好像它多年来从未打开过。在忽明忽暗昏黄闪烁的街灯下我无法看清楚信的内容。我急忙冲回家，点上灯，把信从贴胸的口袋中取出，展开放在面前。是她的笔迹，跟档案馆里的一致，也与第一封信的字迹一模一样：

致斯毕瑞狄恩

让你的勇气和你的爱一样强烈吧，你的爱一定会有回报。圣诞节的前夜，请带一把短斧和一个锯子；勇敢地把站在科茨广场左侧的青铜骑士的身体砍下来。锯开他的身体你会找到一个有翼精灵的银质雕像。把他拿出来并砍成碎片，抛撒在四周的每一个角落，这样风就可以彻底地刮走它们。做完这一切后你最爱的那个她就会在那天晚上来回报你的忠诚。

在褐色的封蜡上是她的别致签名："不渝的爱——爱永不渝。"

12月23日

那么这是真的了！我就是为了这世上某种美好的东西而活着的。我的灵魂在经历了那么多的痛苦之后终于找到了生命的真谛。远大抱负，热爱艺术，热爱意大利，这些曾占据了我所有的精神，但却始终让我感到不满足，它们都不是我生命的真正归宿。我寻求着生命的真正意义，我对它的渴望就像沙漠中的人对水井的渴望一样；但像其他年轻人一样感性地生活或是像其他学者一样理性地生活都不能消除我的饥渴。难道生活对我来说就意味着得到一个死去的女人的爱吗？我们对那些被称之为迷信的过去的东西一笑置之，并不介意今天我们所夸大的科学在未来人们的眼里是否将是另一种迷信；但为什么现在的就是正确的，而过去的就是错误的？三百年前绘画并建造宫殿的人，与如今只会印染花布和建造火车头的人们一样，敏感固执又不堪一击。我之所以这么认为是因为根据索·阿斯卓巴尔的一本古老藏书，我计算了一下我的出生，发现我的星象跟由一位编年史者所提供的美狄亚·德·卡尔比的星象几乎是吻合的。这个解释合理吗？不，不；这一切都只能用一件事来解释，那就是当我第一次读到这个女人一生的经历，第一次看到她的画像，我就爱上她了，只不过我把我的爱隐藏在对研究历史的兴趣中了。是的，研究历史的兴趣！

我已准备好了短斧和锯子。我从一个穷木匠的手里买到了锯子，他住在几里外的小村庄；一开始他并不明白我想要什么，我想他一定认为我疯了，也许我的确是疯了。但如果疯狂能让人快乐，为什么不呢？关于这把短斧我是在一个木料场里看见的，那里堆满了杉树粗大的树干，都是生长在重峦叠嶂的圣埃尔默亚平宁山脉高处。当时场地里四下无一人，于是我鬼使神差般地把斧子拿起来，试了试边缘是否锋利，就偷走了。这是我一生当中第一次当小偷；为什么我不到商店里去光明正大地买一把呢？我不知道；也许是我当时无法抵挡那闪亮的斧片的诱惑吧。我想我将要去做的是一件破坏公物的事；我并没有权利去毁坏乌尔巴尼亚市的公共财产。如果我能用石膏把青铜骑士重新塑好，从而既不破坏雕像也无碍于城市，那我会很高兴地去做。但我首先要服从她；我必须要为她复仇；我必须要拿到蒙特穆洛的罗伯特让人制作并赋予神谕的银质小塑像，因为这个塑像能让罗伯特怯懦的灵魂在死后能安息，不用担心会碰到在这个世界上他最害怕的人。啊哈！罗伯特公爵，你迫使她没有忏悔就被处死，并把承载着你灵魂的塑像放进你身体的雕像里，你认为这样做你就可以心安理得了，当她在受着地狱的煎熬时，你那洗刷得干干净净的小灵魂就可以直接飞入天堂；——你们都会离开人世，你非常害怕你的灵魂会再次遇见她的，因此你自作聪明地为一切可能发生的事都做好了准备！哦不，我的公主殿下。你也应该尝尝死后灵魂四处飘荡的滋味，然后与你曾伤害过的人的灵魂相遇。

这真是漫长的一天！但我今晚要再去见她一次。

十一点。——不；教堂的门紧闭着；魔咒消失了。看来不到明天我是见不到她了。但明天！啊，美狄亚！你可知道你的众多情人中会有人像我这样爱着你吗？

还要再等二十四小时才能等到快乐的那一刻——似乎我花了一辈子的时间就是为了等待这一刻。那么之后会怎样呢？是的，我看得再清楚不过了；没有什么之后。所有爱过美狄亚·德·卡尔比的人，那些爱过并为她效忠的人都死了：吉奥拉恩弗拉内斯科·皮克，她的第一任丈夫，在她从城堡逃走之前被她刺杀身亡；斯蒂米格利亚诺，死于中毒；那个给他下毒的马夫也被她吩咐处死了；奥维罗图·德·纳尔尼，马尔堪托米奥·弗朗吉佩尼以及那个奥德拉弗的可怜的男孩，甚至没有机会看到她的面孔，只是在行刑前用她的手帕给他擦了擦汗。所有人都会死，我也不例外。

有这个女人的爱就足够了，并且是最重要的——"不渝的爱。"就如同她的签名写的。我也应该死。为什么不呢？难道我还可能为了去爱另一个女人而活着吗？非但如此，难道在经历了明天的欢愉之后我还可能再像今天这样苟延残喘地活着吗？简直是不可能的；其他人都死去了，我也不该活着。我一直都认为我不会活得太长；波兰的一个吉卜赛人曾经说过我的手掌上有一道割纹预示着我会死于非命。我有可能在一场与学生的决斗中丧命,或死于铁路事故。哦,不,不,我的死不会是上述任意一种!死亡——她不也会死吗?这种想法将会带来多么奇怪的愿景啊!那么其他人——皮克、马夫、斯蒂米格利亚诺、奥维罗图、弗朗吉佩尼、普林齐瓦莱·德格利·奥德拉弗——他们都会在那儿吗?但她一定最爱我——因为她待在坟墓里三百年后只有我还爱着她!

12月24日

  我一切都准备好了。今晚十一点我悄悄地从家里溜出来;索·阿斯卓巴尔和他的姐姐都睡得正熟。我曾试探过他们;他们对风湿病的担心让他们决定不参加午夜的弥撒。幸好这里跟科茨广场之间没有教堂;不管圣诞夜需要举行什么样的活动到这儿都有很大的距离。副市长的住处在王宫的另外一边:广场的其他部分依次建有王宫的豪华贵宾房,档案室,空置的马厩及马车房。因此,我的行动要格外干净利索。

  我在一个购自索·阿斯卓巴尔的结实的青铜花瓶上试了锯子的锋利程度;那座青铜雕像既是空心的又被铁锈腐蚀(我曾见过它上面有许多洞),应该很容易锯开,尤其是先用斧子重砍一下之后。我把为派我到这里来的政府写的论文稿子都放整齐了。我非常抱歉在关于他们的"乌尔巴尼亚的历史"这个问题上欺骗了他们。为了消磨这漫长的一天,并极力压制住自己不耐烦的情绪,我在外面散步了许久。这真是我们所经历过的最冷的一天。灿烂的阳光不仅没有让我们感到一丝温暖,而且好像更加剧了寒冷的感觉,高山上的白雪在阳光照耀下闪着冷光,湛蓝的天空在阳光映衬下看上去像冰冷的钢铁一样散发着寒气。外面稀少的行人个个都把自己裹得严严实实的,只露出鼻孔呼吸,并且在斗篷下都提着个陶瓷做的火炉;喷泉的水已变成长长的冰柱悬挂在空中,墨丘利的雕像端坐其上;你可以想象狼群从干枯的矮灌木丛中蜂拥而出,长驱直入围攻这座城镇的样子。某种程度上这寒冷反而让我觉得一种奇妙的冷静——好像把我带回了童年的时光。

  当我走在崎岖不平、陡峭险峻的铺石小道,踏着滑脚的霜冻,看着远处蓝天映衬下的雪山,经过布满黄杨木和月桂树的教堂台阶,伴随着扑面而来的淡淡的香气，似乎有些什么渐渐地在我记忆中复苏了——我不知道为什么——我回想起多年前在波森和布雷斯劳度过的那些圣诞节前夜，那时我还是个孩子，一个人走在宽阔的大街上，从别人家的窗户外偷偷看他们开始点放在圣诞树上的蜡烛灯芯，并幻想着自己在回家的路上是否也会被请进一间美妙的屋子，到处是闪亮的灯光，镶金的坚果和玻璃彩珠。他们在挂最后一根红蓝相间的金属珠串了，把最后的镶金和镀银的胡桃固定在屋子北面的圣诞树上；他们点亮了蓝色和红色的蜡烛灯芯；蜡开始融化沿着美丽的云杉青枝往下流淌；孩子们压抑着怦怦作响的心跳在门后等待着，因为他们被告知小耶稣就要来了。而我，我在等什么呢？我不知道；这一切看上去好似一个梦；所有的一切都那么模糊而不真实，仿佛时间停下了脚步，什么都没发生过，我的所有心愿和希望都破灭了，我跌入了一个无人知晓的梦境。我渴望今天晚上吗？或者我害怕它？今晚会到来吗？我能感知一切吗？我周围的一切都真实存在吗？

我坐了下来，仿佛看见了波森的街道，宽敞的大街上每扇窗子都点亮了圣诞的烛光，绿色的云杉枝条轻轻地靠着窗玻璃。

圣诞节前夕，午夜

我完成了。我悄无声息地溜了出去。索·阿斯卓巴尔和他的姐姐都早已进入梦乡。但我在穿过摆满了房东要出售的古玩的正厅时不小心把斧子掉在地上，我真怕把他们吵醒了；因为它正好撞击在一件房东最近在修补的旧盔甲上。我听到他半睡半醒地惊叫了一下，就迅速地吹灭了手上的灯并躲到楼梯上。他穿着睡袍跑出来，但没发现任何人，就又回去睡觉了。"肯定是只猫！"他边走边嘟囔着。我轻轻地把门在我身后带上。自从午后天空就一直是乌云密布，风雨欲来，虽然由于满月当空而显得亮堂，但到处可见一朵朵米灰色的云团；月亮也时不时地消失得无影无踪。外面没有一个人影，连只动物都不见；高大而荒凉的房子在月光下非常显眼。

不知道为什么，我绕道来到科茨，经过一个或两个教堂的门，那里传来轻微的午夜弥撒的声音。有那么一阵我有一股冲动非常想进去一探究竟，但内心某种东西阻止了我。我听到了圣诞赞美诗的一些片段。我开始感到有些不安，并快步走向科茨。当我从圣佛朗西斯科的柱廊下走过时，我听到背后有脚步跟着我；看来我被跟踪了。我驻足想让他先过，当他走近我时他的脚步放慢了，当他从我身边经过时他贴得很近，喃喃地说："千万别去，我是吉奥拉恩弗拉内斯科·皮克。"我一转身，他已走远。我感到一阵恐惧的寒意从脚底升起，但我决定继续向前。

　　在大教堂后殿的后面，一个狭窄的小巷里，我看见一个人正斜靠在墙上。月光笼罩着他，看上去他那留着一小撮山羊胡子的脸上淌满了鲜血。我加快了我的步伐。但当我与他擦身而过时他低声地说："千万别听她的，回家去。我是马尔堪托米奥·弗朗吉佩尼。"我的牙齿开始打颤，但我还是继续沿着窄巷快步向前，蓝色的月光照在雪白的墙上散发出阵阵寒意。最后我看见科茨就在我面前，月光倾泻在整个广场上，宫殿的窗户显得非常明亮，罗伯特公爵的塑像，闪烁着绿色的光，看起来就好像策马向我奔来。我走进阴影里。我要从一个拱门下走过。这时有一个人好像刚从墙里出来，用他从斗篷下伸出的手臂挡住了我的通道。我试图强行通过，他一把抓住了我，感觉像一块沉重的冰。"你不能过去！"他叫道，当月亮又一次从云里探出头来时，我看见了他的脸，白得很恐怖，扎着一块绣花手帕，他看上去还是个孩子。"你不能过去！"他嚷道，"你不能拥有她，她是我的，我一个人的！我是普林齐瓦莱·德格利·奥德拉弗。"我感觉到他抓着我的手异常冰冷，但我用另一只手臂拿着藏在我斗篷下的斧子在我的四周胡乱挥舞了几下。斧子打中了墙并发出敲击石头的清脆声。他消失不见了。

　　我继续向前进。我做到了。我劈开了青铜雕像。我用锯子锯出了更大的裂缝。我卸下了银塑像，把他砍成无数的碎片。当我在粉碎最后一小部分时，月亮突然不见了，一阵大风拔地而起，呼啸着穿过整个广场；看来地球都在摇晃。我吓得扔下斧子和锯子仓皇逃回家。我觉得自己被追踪了，那沉重的脚步就好像我的身后有成千上万个看不见的骑士。

　　现在我平静下来了。已是午夜；再过会她就会来这儿。一定要耐心啊，我的小心脏！我听到它在激烈地跳动着。我相信没有人会指控可怜的索·阿斯卓巴尔。如果真发生了什么，我会写一封信给当局证明他是无辜的……一下，宫殿钟楼里的钟现在开始报时了……"我特此证明，今晚如果我，斯毕瑞狄恩·特雷普卡，出了任何事，都由我一人负责，与他人无关……"楼梯上传来了脚步声，是她！是她！最后，美狄亚，美狄亚，啊，我不渝的爱，爱到永恒！

注：

　　这是已故的斯毕瑞狄恩·特雷普卡的日记的结尾。乌尔巴尼亚省新闻报总监告诉公众：在1885年圣诞节的凌晨，人们发现罗伯特二世的青铜骑士雕像被严重损毁，而来自德意志帝国波森的斯毕瑞狄恩·特雷普卡教授则被发现胸口中刀而亡，凶手下落不明。

戴奥妮亚

选自亚历山大·德·罗西斯医生
写给萨宾那公主伊芙琳·萨维利夫人的信。

**蒙特米罗　利古雷
1873 年 6 月 29 日**

我直接将阁下（请允许一个旧共和党人谦卑地这样称呼您，因为他觉得这样称呼您比较合适）您慷慨的赞助用来帮助那些贫穷的人们了。我从来没有想到捐赠来得这么快。因为橄榄作物今年的长势真是非同寻常的好。我们热那亚人从来不摘不成熟的橄榄，就像我们的托斯卡纳邻居一样，而是让它们自然生长到又大又黑的样子，这时年轻男子就到树林中间用长长的芦苇枝把橄榄摇晃下来掉到草地上好让女人们去拾——好一幅壮观的场面，阁下您哪天一定要来看看：赤着脚的小孩们爬到棕灰色的树干上，在树枝间努力平衡着自己，伸头张望着，身后就是天蓝色的海洋……这是我们的海——我一直以来都想申请资金来保护它。从我的写字桌抬头望去，透过窗户能看见海，就在橄榄树林的下方，在阳光下闪着蓝绿色的光，在云层的掩映下又呈朦胧的紫罗兰色，就像用你们拉文纳[1]的镶嵌图案铺就似的；这是个隐藏在它可爱外表之下的邪恶的海，甚至比你们北部那些灰色的海更加诡谲，随着岁月的流逝（这可

1　意大利东北部港口城市。

追溯到当腓尼基人或希腊人在莱里奇[1]和波尔图维纳斯[2]修建庙宇时),海里常常会出现一个美丽而又恶毒的女神,泛提考迪亚之维纳斯[3],不过是从这个词的负面意义上来说的,这个女神在天地骤然变得漆黑的一瞬间夺走了人们的生命,就像上个星期发生的海上狂飙一样。

言归正传,我冒昧的请求您,亲爱的伊芙琳夫人,能资助我一笔钱,一大笔足够您买男士教士服的钱,来为一个被大海遗弃在我们海滩的年轻陌生人提供抚养费,直到若干年后她能自力更生。这里的人们虽然善良,但是太贫穷了,他们已经被抚养自己孩子的重担压得喘不过气;再说,他们对这个被猛烈风暴冲上岸的无家可归的小东西有着天生的厌恶,她毫无疑问是个异教徒,因为她没有像一般信基督教的孩子一样戴小十字架或是穿天主教徒常穿的无袖外衣。故此,由于没有任何一个女人愿意收养她,并且作为一个老单身汉不得不听命于他的女管家,我想到了那些住在附近修道院的修女,圣洁的女人,她们教小女孩祈祷并教她们怎么做蕾丝花边;并请求您亲爱的阁下能为她负担所有的费用。

这是个可怜的棕色皮肤的小不点!风暴之后(那些船模和许愿蜡烛就像是风暴把圣母玛利亚带到了波尔图维纳斯!)人们在岩石和我们的城堡之间的一条沙带上发现了她:这可真是个奇迹,因为这个海岸就像鲨鱼的嘴一样,那些沙子又细小又在远处。她被紧紧地包裹在一件古怪的衣服里,绑在一块木板上;当人们把她送到我这儿来时都以为她已经死了:三四岁大的小女孩,毫无疑问长得非常漂亮,皮肤呈浆果般的棕色,当她醒来时,她摇着头说明她听不懂任何意大利语,并急切而含糊不清地说了些几乎无人能懂的东方语言,中间夹杂着一些我不明白的希腊语,即便是传教大学的校长估计也会对此一筹莫展吧。这孩子显然是一艘被卷入海上狂飙而失事船只的唯一幸存者,那艘船只的碎片在几天后陆陆续续地漂进了海湾;斯培西亚[4]地区或是我们任何一个港口都没

---

1 意大利城市。
2 意大利城市。
3 《泛提考迪亚之维纳斯》,又称为《花中维纳斯》,是19世纪意大利裔英国拉斐尔前派大师罗塞蒂于1864年创作的名作。
4 意大利西北部港口城市。

有人认识她，但有些捕沙丁鱼的渔夫说在往波尔图维纳斯方向的船上曾见到过她：巨大的木船，船首的两侧各画着一只眼睛，你知道的，这是希腊船只的特色。人们最后一次看到她时船只正驶离帕尔玛利亚岛，扬起风帆全速开进了深不可测的黑暗风暴。非常离奇的是，没有其他人的尸体被冲上岸来。

7月10日

  我收到您寄来的钱了，亲爱的多娜·伊芙琳。整个圣马西莫[1]小镇都轰动了，陷入了激动的狂欢中，当邮递员带着挂号信进来，而我被派去在挂号信上签字，当着全村官员的面，在邮政登记处签上了我的名字。

  这孩子已经跟修女们相处一段时间了；这些可亲的小修女们（你知道的，修女们总是能直接走入一个对牧师心存不满或是反对罗马教皇的老人心里），穿着褐色的长袍，戴着小小的白色无边帽，上面再罩着一顶巨大的圆形草帽，像一个光环在她们的脑袋后面晃动：她们被称为圣痕姐妹[2]，在圣马西莫靠近内陆的地方有一间修道院和一所学校，还有一个杂乱的花园种满了薰衣草和樱桃树。您的女门徒已经能用她的耳朵来适应修道院及村子的环境，适应主教的府邸，圣弗朗西斯的秩序。首先因为没有人知道她是否受过洗礼。这个问题很严重，因为人们认为受二次洗礼的影响和没有受过洗礼的影响几乎是一样的，当然前者最终被认为危险性要小一点；但她们说这个孩子显然曾经受过洗礼，并且知道这样的仪式不能被重复进行，因为她就像二十个小恶魔一样又踢又拉又叫，并且坚决不愿让圣水碰到她身上。一直都认为这孩子接受过洗礼的修道院院长说这孩子是对的，上帝也在阻止亵渎神灵的事发生。

  但曾经抱过她的牧师和理发师的太太都认为这件事很恐怖，并且怀疑这个小女孩是个新教教徒。她的名字也让人生疑。别在她衣服——图案是带条纹的东方风格，布料是克里特岛和塞浦路斯人们常常纺织的皱丝材质——上的是一片羊皮纸，起初我们以为是一件无袖外衣，但后来

1　意大利城市。
2　圣痕，圣伤（人体出现的与耶稣被钉在十字架时相同部位的伤痕）。

发现上面只有一个名字 Dionea——就是他们现在读成戴奥妮亚的名字。问题是，这个名字对一个生活在圣痕修道院的年轻女孩合适吗？这里半数女孩的名字都与基督教无关——诺玛、奥多爱塞、阿基米德，还有，我的女佣叫西弥斯——但戴奥妮亚这个名字让每一个人都感到震惊，也许是因为这些勤劳的人们总是神秘地认为这个名字来自女神戴奥妮[1]，天王宙斯的情人，女神维纳斯的母亲。因此这孩子差点被起名为玛利亚，尽管修道院里已有二十三个类似的名字，诸如玛利亚斯、玛丽埃特斯、玛丽尤西埃斯等等。但修道院的簿记员嬷嬷显然不喜欢这些单调的名字，她认为应该先在历法上查查戴奥妮亚的名字，结果没找到；然后她又去查 1625 年在威尼斯印刷的一本牛皮纸包的古书，结果查到一个词条："花的圣徒，或圣徒们的生活，由 S.J. 里瓦德内拉神父注解，这些圣徒由于在年鉴里没有一席之地，故又被称为移动的圣徒，或是多余的圣徒。"安娜·马达莱娜嬷嬷的热忱终于有了回报，在这些多余的圣徒的名字中，以棕榈树枝和沙漏图案为界，赫然写着"圣徒戴奥妮亚，处女和殉道者，安提俄克女神，被帝王德西厄斯下令处死"。之所以把这些告诉您是因为我知道阁下您博览群书，熟知历史，一定对此信息有所了解。但我担心，亲爱的伊芙琳夫人，我担心这个老天派来庇佑您那个小小海上流浪儿的守护神对她来说可能太过多余了。

1879 年 12 月 21 日

亲爱的多娜·伊芙琳，非常感谢您资助戴奥妮亚上学的经费。事实上还没有到要收费的时候。在蒙特米罗年轻女孩们的礼教进行得很缓慢：你问到服装，给她买了双漂亮的红色鞋面的木底鞋花了六十五生丁，如果鞋的主人在郊外走路时能小心地把它们放在干净的包裹里顶在头上，直到走进村子时再穿上，那么这鞋至少可以穿三年。修道院院长也深深地被阁下您对修道院的宽宏与慷慨所折服，但她非常苦恼，因为她无法给您任何可以体现您的女门徒手艺的作品，比如一张刺绣的小手帕或是一副可爱的连指手套；但事实是可怜的戴奥妮亚什么也不会。

---

[1] 希腊神话中的女神，曾与宙斯私通而生阿芙洛狄忒。

"我们要向圣母玛利亚和圣弗朗西斯[1]祈祷让她变得更有价值些。"院长曾这样说。也许吧,但是我想阁下您并不是基督徒(这可真是萨维利教皇和圣安德鲁萨维利的奇迹),并不一定对绣花的手帕感兴趣,但您一定会很满意地得知戴奥妮亚虽然没有任何技艺,但她却有着整个蒙特米罗地区最漂亮的脸蛋。就她的年龄来说(她十一岁)她身材高挑,比例极为匀称并且健壮:在所有的修道院女孩中,她是唯一从来没有请我去看过病的人。她的容貌非常地讨人喜欢,乌黑的头发天然鬈曲着,十分漂亮,尽管修道院的嬷嬷们竭力想把它弄成直发,但都没有成功。我很高兴她长相迷人,这样就会更容易为自己找到一个丈夫;而且您的女门徒本来就应该是美丽的。遗憾的是她的性格有点不那么让人满意:她不喜欢学习,做衣服,洗碟子,讨厌这一切。我很抱歉地告诉您她天生就没有虔诚之心。她的同伴都讨厌她,修女们虽然承认她并不真的调皮捣蛋,但总把她视为眼中钉,肉中刺。她总是长时间地站在山坡上俯视着大海(她曾悄悄地对我透露她最大的愿望就是到大海中去——用她的原话表达就是回到大海里),并躺在花园里,躺在大大的桃金娘灌木丛下,春天和夏天则躺在玫瑰花篱笆下。修女们说玫瑰花篱笆和桃金娘灌木长得异乎寻常的快,都是由于戴奥妮亚躺在其下的缘故;我想这个现象已引起她们的注意,蕾帕拉塔嬷嬷就曾说:"这孩子让一切没用的野草生长。"戴奥妮亚的另一个娱乐方式是跟鸽子玩耍。她聚集的鸽子数目之多令人叹为观止;你永远也不知道圣马西莫或周边的山上怎么会有这么多的鸽子。它们鼓翅振翼飘摇而下,像纷纷雪花从天而降,它们炫耀般地鼓起自己的身体,张开或收起尾翼,当它们啄食时它们那笨笨的小脑袋剧烈晃动着,咽喉处轻轻蠕动着,发出咯咯的声音。戴奥妮亚常常伸展开四肢躺在阳光下,嘟起她的嘴唇,并发出奇怪的咕咕叫声,鸽子们就会俯冲下来亲她;或者她会跳来跳去,张开她的双臂像翅膀那样慢慢地上下拍动,抬起她的小脑袋做着和鸽子一模一样的姿势;——这真是个可爱的画面,非常适合你的画家伯恩·琼斯[2]或是塔德玛[3]作画,四周

---

1 又称圣方济各,方济会的创始人。
2 伯恩·琼斯(1833—1898),英国画家,新拉斐尔前派最重要的画家之一。
3 塔德玛(1839—1912),荷兰裔英国画家。

都是桃金娘灌木丛，身后是粉刷得雪白亮眼的修道院围墙，远处透过冬青树枝隐约可见教堂的白色大理石台阶（在这个卡拉拉[1]山区所有的台阶都是大理石做的）以及呈搪瓷青色的大海。但修女们十分讨厌这些鸽子，在她们眼里这些鸽子都是些污秽的小东西，如果不是因为主事神父在每个假日都要消耗一只鸽子，她们才不会忍受无休止地打扫被这些鸟儿弄脏的教堂台阶和厨房通道⋯⋯

1882 年 8 月 6 日

最最亲爱阁下大人，千万别用邀请我去罗马来诱惑我。我在那儿不会感到快活的，并且这也无益于您对我的友情。这么多年在北部国家的流亡和漂泊已经把我变得像北方人了：除了可亲的农民和渔夫，我已无法跟我的同胞相处了。并且——请原谅一个老人的虚荣，他在特莱西恩施塔特[2]和施皮尔贝格[3]中学会了用三离合诗自娱自乐来打发无尽的苦难岁月——过去为了意大利我忍受了太多的苦难，目睹了太多的议会和市政小集团之间的尔虞我诈，自相残杀，当然现今这些阴谋和战争依然存在。我无法融入您那满屋子的部长大臣和博学之士以及漂亮的女人：前者大概会认为我是个笨蛋，而后者——更加令我苦恼的——则会把我归于书呆子一类⋯⋯总之，如果阁下您和您的孩子真想见见马志尼[4]时代令尊的旧门徒，明年的春天请找个时间到这儿来。我给你们准备了几间面对着阳台的空房间，只有裸露的地砖和白色的窗帘；您可以吃到各种各样的鱼和牛奶（橄榄树下的白色蒜花会被割去以防我的牛误吃），还有用从树篱笆里摘出来的药草煮的蛋。您的孩子可以四处走走，参观一下斯培西亚的大型装甲舰；您则跟着我穿过两旁满是蕨类植物的小路，高大的橄榄树在我们的头顶上伸展出枝干，走到田野里可以看到樱桃树盛开的花朵纷纷掉落在葡萄藤上，无花果树刚刚伸出绿色的枝丫，山羊正踮着它们的后腿轻轻啃着嫩枝，母牛们在芦苇棚里低声叫着；从山

---

1 位于阿普亚内山山麓的城市，在意大利的中北部。除了风景优美之外，这里更是拥有着丰富的大理石资源，这些大理石都是雕像和建筑的上佳材料。
2 捷克地名。
3 德国地名。
4 马志尼（1805—1872），意大利作家、政治家、民主共和派左翼领导人和思想家。

谷深壑中传来小溪汨汨的流动声,从悬崖峭壁下回荡着海浪隆隆的拍岸声,远处还传来动听的歌声,但只见其声不见其人,那是小伙姑娘们在唱着关于爱情、花朵和死亡的歌曲,就像忒俄克里托斯[1]时代的人一样,像您这样博学多才的人一定读过他的作品。您读过希腊田园小说家朗格的文章吗?对我们这些喜欢左拉的读者来说他的作品更多了些自由和直截了当;但这个阿米奥特的法国老人有一种迷人的魅力,没有人能像他这样引导读者去思考,在雏菊花串和玫瑰花环还为了果园的仙女悬挂在橄榄树枝头的年代,人们是如何在山谷里和沿海一带生活的;穿过海湾,在蓝色海洋的海峡尽头,紧挨着大理石岩礁的并不是一座圣劳伦斯教堂,也没有受尽折磨的殉道者雕像,而是一个维纳斯寺庙,保卫着她的港口……是的,亲爱的伊芙琳夫人,您猜对了。您的老朋友老毛病又犯了,又开始乱写了。但我再也不写诗歌或是有关政治的小册子了。我现在迷上了悲剧性的历史,有关异教神的消亡的历史……您是否读过我的朋友海涅的一本小册子里对他们乔装出行、漂泊流浪的描写?

如果您来到蒙特米罗,您将会见到您常常问起的女门徒。她刚刚躲过了一场灾难。可怜的戴奥妮亚!恐怕早先海上的经历对她的智商有着严重的影响,可怜的小流浪儿!这儿刚刚发生了一场可怕的争吵!我用尽一切努力,以阁下您的名誉,包括教皇及整个神圣罗马帝国作担保,才避免她被圣痕姐妹们驱逐出去。起因好像是这个疯狂的小东西做了一件亵渎神灵的事:她被发现以一种极为不敬的方式穿着圣母玛利亚的节日圣袍,并戴着皮佐堤坎面纱,这是已故福尔诺沃奥兰特侯爵夫人的礼物。其中一个被称为罗莎西亚的孤儿扎伊拉·巴尔桑蒂,甚至故意穿上这些神圣的衣服来激起戴奥妮亚的好奇心;还有一次,当戴奥妮亚被派去给教堂的地板放些油和锯木屑时(那是在复活节的前夜),有人发现她坐在圣坛的边上,就在人们通常行圣礼的地方。我被火速叫去参与在修道院大厅召开的教会委员会议,戴奥妮亚也在那儿,显得非常与众不同,漂亮非凡的小美人儿,皮肤黝黑,步履轻盈,眼睛里闪着奇异的野性的光芒,脸上带着更加诡异的笑容,表情阴险而暧昧,就像达芬奇画笔下的女人,她站在形状各异的圣弗朗西斯石膏像以及一些上过釉的框

1　忒俄克里托斯(公元前310—前250),古希腊诗人,西方牧歌(田园诗)的创始人。

架模型中间，在圣母玛利亚的小雕像前面，圣母玛利亚穿着夏天一种类似蚊帐的袍子以防苍蝇叮咬，而那些模型就是撒旦的魔鬼。

说到撒旦，阁下您是否知道在我们修道院的小门里，就在那小小的穿孔金属条上方（就像浇灌玫瑰的喷水壶），原本是修道院的女门房用来窥视和说话的，被贴了一张打印的纸条，圣名和经文被排成三角形，还有打上烙印的圣弗朗西斯的手和其他一些图案，难道这是一种特殊的警告，用来迷惑撒旦，阻止他进入这所房子？如果你看到戴奥妮亚那冷漠、轻蔑的表情，对那些针对她的各种各样可怕的无端指责一点也不想为自己辩护，你就会像我一样想起来，那扇门曾经不翼而飞过，也许是放在工匠那儿修理，但那天正是你的女门徒第一次闯进这间修道院的日子。教会的特别法庭，包括修道院院长，三个嬷嬷，圣方济会会长，以及您谦卑的仆人（他徒劳地试图做魔鬼的代言人），数罪并罚，裁定责成戴奥妮亚用她的舌头在光秃秃的地板上划二十六次十字。可怜的孩子！人们不禁希望，就像维纳斯女神被荆棘刮破手心时所发生的情形，红玫瑰也应从肮脏的旧地砖上迅速冒出花蕾。

1883 年 10 月 14 日

你曾问起戴奥妮亚的近况，现在嬷嬷们时不时地会让戴奥妮亚去村子里做半天的祷告，并且虽然现在她长大了，人们并没有因为她的美貌而趋之若鹜。这里的人都注意到了她惊人的美丽，她也因此被称为"漂亮的戴奥妮亚"，但这并没有让她更容易找到一个丈夫，尽管在圣马西莫和蒙特米罗地区人人都知道阁下您为她准备了丰厚的嫁妆，但看来没有哪个小伙子，从农夫到渔民，愿意跟随她的脚步；当她穿着木底鞋，美丽而又鬈曲的乌发上顶着大水罐或是亚麻篮子优雅而娉婷地走过时，如果他们转身注视并低声交谈，我敢说，他们一定是心怀敬畏而非心生爱慕。女人们则会当她经过时或是在修道院的礼拜堂坐在她身边时用手指在头上比画号角，但这看来是非常自然的。我的女管家告诉我整个村子里的人都认为她的眼睛里隐藏着邪恶，并总是带给人们痛苦的爱。"你的意思是，"我说，"她的一瞥能搅乱许多年轻人的心绪。"维内兰达摆摆手，带着她一贯在评论当地人的迷信时所持有的尊重而又不以为然的神情对我解释说，事情不是这样的：并不是人们会爱上她（他们害怕她的眼神），而是无论她走到哪儿，那儿的年轻人就会不由自主地彼此相爱，哪怕大多数情况下是违背他们的初衷。"你知道那个铁匠的寡妇索拉·路易莎吗？上个月戴奥妮亚为她做了半天的祷告，为她女儿的婚礼做准备。结果，现在那女孩坚定地说，这是千真万确的，她再也不想嫁给莱里奇[1]的皮尔里奥了，而是想和索拉罗[2]吹木管的穷小子好，否则就到修道院去。而女孩就是在戴奥妮亚到她们家去的那天才改变主意的。还有咖啡店主皮波的妻子，他们说她与一个海岸警卫队队员偷情，而六个月前戴奥妮亚刚帮她洗过衣服。索尔·泰米斯托克莱的儿子刚刚为了逃避服兵役而把自己的手指切掉，原因就是他疯狂地爱上了他的表妹因而害怕被派去当兵，而修道院为他做的衬衫中有几件就是出自戴奥妮亚之手……"这真是一系列不幸的爱的事件，都可以写一本薄薄的《十日谈》了，可以肯定，这都是拜戴奥妮亚所赐。这就是为什么圣马西莫的人们特别害怕戴奥妮亚的缘故……

1884 年 7 月 17 日

戴奥妮亚奇怪的影响好像还在朝可怕的方面发展。我几乎开始认为人们对这个年轻女巫的恐惧是有道理的了。作为修道院的专职医生，以前我总是认为没有什么比狄德罗[3]和舒伯特[4]的浪漫主义思想更荒唐的了（阁下您是否还记得，就在您结婚前您对我唱过他写的"年轻的修女"这首歌？）也没有什么人的生活比我们的小修女更单调乏味了，她们粉嫩的脸蛋被白色的帽子紧紧包裹着。但看来浪漫还是比单调更胜一筹。在这些修女们的心里有些不可名状的东西正在慢慢发芽，生长，就像戴奥妮亚在其下躺过的桃金娘灌木丛和玫瑰花树篱中有些不知名的花朵正在悄悄地苞蕾，绽放。我是否对你提起过两年前刚刚公开声明入教的小修女朱莉安娜？——个经常要来医务室看病的苍白瘦弱的小东西，一个平淡无奇的小圣女，似乎每天亲吻十字架和擦亮平底锅就是她生活的全部。但是，就是这个修女朱莉安娜不见了，跟她同一天消失的还有港

---

1 意大利地名。
2 法国地名。
3 狄德罗（1713—1784），法国启蒙思想家、唯物主义哲学家、作家、批评家、百科全书派的代表人物。
4 舒伯特（1797—1828），奥地利作曲家，音乐家，早期浪漫主义音乐代表人物。

口的一个水手。

1884 年 8 月 20 日

　　修女朱莉安娜的事件似乎只是刚刚为蔓延在圣痕修道院的不可思议的爱的流行病拉开了序幕：年纪较大的女学生们被严密看管以防她们在月夜翻墙出去谈情说爱，或者偷偷溜出去找那个在渔人码头柱廊下专门代人写情书的小驼背，花上一便士买一篇辞藻华丽、令人心动的情书。我很好奇，这个没有人追求的邪恶的小戴奥妮亚是否会微笑（她的唇像丘比特的弓弦或是一条小蛇的身体曲线），当她在召唤鸽子下来陪伴她，或是躺在桃金娘灌木丛下逗弄小猫时，当她看到别的学生带着红肿的眼睛到处走动、可怜的小修女们对着教堂的旗帜开始新的忏悔时，或者在某个夜里，伴着涛声和柠檬花的香气，年轻人沿橄榄树下的月光小径手挽手来回游荡，弹响手中的吉他用长而又刺耳的喉音发出"爱情、死亡、我的爱人"[1]等音符的时候。

1885 年 10 月 20 日

　　一件非常可怕的事发生了！我给阁下您写信时我的双手都是颤抖的；但我还是必须写，我必须要把它说出来，否则我会失声痛哭的。我是否曾对你提到过来自卡索里亚[2]的多梅尼克神父？他是我们圣痕修道院聆听忏悔的神父，一个身材高挑的年轻人，由于长期的斋戒和守夜而显得瘦削憔悴，但这不妨碍他英俊的面容，他长得就像乔尔乔纳[3]的作品"田园合奏"里那位弹小键琴的修道士，在棕色的毛哔叽外套里的身躯还是很结实健壮的。我们都知道人类总是与诱惑我们的魔鬼搏斗，因此多梅尼克神父也像任何一个圣杰罗姆笔下的隐士一样与引诱者苦苦作战，并且他最终胜利了。我不知道还有谁能比得上这个获胜的灵魂天使般的平静和高贵。我并不喜欢修道士，但我热爱多梅尼克神父。我的年纪足够当他的父亲了，但我在他面前总觉得有些羞涩和敬畏；虽然人们

1　此处原文为意大利文。
2　意大利地名。
3　乔尔乔纳（约 1476—1510），意大利文艺复兴时期第一个真正意义上的威尼斯画派画家。

认为我在我们这辈人中算是生活得清清白白，干干净净的了，但每当我走近他，我都觉得自己是个世俗的可怜虫，无端地被自己那些刻薄而又丑陋的想法贬低了身份。最近多梅尼克神父在我看来显得有些不平静：他的眼里闪着奇异的光芒，因消瘦而突起的颧骨泛着红晕。上周有一天，我为他搭脉，发现他的脉搏跳动不规律，感觉他全身的气力消散，如微丝游动。"你生病了，"我说，"多梅尼克神父，你发烧了。你工作得太多而过于透支身体了——总有新的贫穷，新的忏悔。你要小心千万不要招惹上帝；记住肉体是虚弱的。"多梅尼克神父飞快地抽回自己的手。"别这么说，"他叫道，"肉体是强大的！"并转开了自己的脸。他的眼睛闪闪发亮但却浑身颤抖。"吃些奎宁。"我开出药方。但我觉得奎宁已没有用了。也许祈祷更有用些，但就算我愿意祈祷他也未必肯接受。昨天夜里多梅尼克神父住的蒙特米罗修道院突然派人来请我去，说是神父病了。我一边在黄昏的暮色和微弱的月光下狂奔，一边我的心直往下沉。有种直觉告诉我我的修道士已去世了。他躺在一间狭小又低矮的石灰粉刷过的房间；他们把他从他的单人小室抬到这儿希望他还活着。窗户大开着，窗框上装饰着些橄榄树枝，在月光下亮闪闪的，远处的下方是一片波光粼粼的海。当我告诉他们他已真的死去，他们就拿来一些细蜡烛点上放在他的头上和脚上，并在他的双手间放了一个十字架。"上帝高兴地召唤我们可怜的兄弟到他的身边了，"修道院长说，"他是中风，我亲爱的医生——是中风。你要为当局出一份证明。"我按院长指示开出了证明。我无能为力。但，毕竟，谁又愿意制造丑闻呢？他当然也不想伤害他的修道士兄弟们。

  第二天我发现小修女们个个都眼含泪水。她们采集了许多花朵作为最后的礼物送给她们的神甫。在修道院的花园我找到了戴奥妮亚，她正站在一大篮玫瑰花旁，一只白色的鸽子栖息在她的肩头。

  "那么，"她开口道，"他用木炭自杀了，可怜的多梅尼克神父！"
她的语气，她的眼神中的某种东西让我感到震惊。

  "上帝把他最忠诚的仆人召唤到他身边去了。"我语气凝重地说。

  站在玫瑰树篱的前面，与这个美得那么耀眼，那么张扬的女孩面对面站着，四周白色的鸽子们或张开或收起尾翼，趾高气扬地挺胸或是啄食，我仿佛又突然看见昨晚那间刷得粉白的屋子，大大的十字架，暗黄烛光下苍白瘦削的脸。我为多梅尼克神父感到高兴；他的战争结束了。

"帮我把这个带给多梅尼克神父。"戴奥妮亚说，折了一根缀满白色小花的桃金娘树枝递给我；她抬起头诡异地微笑着，笑容就像一条扭曲的小蛇，她开口用一种高亢的喉音反复咏唱着奇怪的调子，其中包括这个字：爱——爱——爱。我接过桃金娘枝条并扔在她的脸上。

1886 年 1 月 3 日

很难为戴奥妮亚找到一个安身之地，在这个附近几乎不可能。人们将多梅尼克神父的死和她某种程度上联系在一起，并归咎于她的那双邪恶的眼睛。她两个月前离开修道院（刚满十七岁），现在在莱里奇我们公证员的新房子里靠和石匠一起干活养活自己：这工作很辛苦，但我们这里的女人都习惯了。看到戴奥妮亚现在的状态非常好，她穿着白色的短衬衣，白色的紧身马甲，用她结实健美的手臂搅拌着生石灰；或者把空麻袋扛在肩头，健步走在通往悬崖的路上，或者捧着许多砖头攀爬在脚手架上……但是，我非常想让戴奥妮亚离开这个环境，因为我非常担心这里的人们一旦得知她邪恶的眼睛给她带来的坏名声会十分恼火，如果她对此无动于衷甚至轻蔑对待的话，那不知该爆发出怎样的狂怒。我听说我们这里有一个有钱人，萨尔扎纳[1]的索·阿戈斯蒂诺，他拥有大理石山的整整一侧，正在为他即将结婚的女儿寻找一个女仆；身为一个传统家长制的富人，这个慈祥的老人还是习惯跟他所有的仆人一起吃饭；他的即将成为他的女婿的外甥是一个十分出色的年轻人，在采石场和锯木厂工作，工作起来像雅各[2]一样十分卖命，他非常爱他的表妹。整个家庭看起来非常完美，简单又和睦，我真希望戴奥妮亚能因此受到感化。如果我不能成功地让这个家庭接受戴奥妮亚（当然我将用阁下您的盛名和我平庸的辩才来对抗附加在我们可怜的小弃儿身上的不良记录），而且您又十分好奇想见到这个您称之为邪恶的美人，我就将接受您的建议把这孩子送到罗马您的家里。当您说您的男仆们都很英俊时，

---

[1] 意大利地名。
[2] 《圣经》人物，以撒之次子。

我感到有点好笑,也有几分气恼:即便是唐璜[1]本人都会被戴奥妮亚驯服的,我亲爱的伊芙琳夫人。

1886年5月29日

戴奥妮亚又一次回到了我们身边!但我不能把她送到阁下您那儿。是因为我终日跟农民和渔夫相处,听到的传闻太多,还是因为一个怀疑论者总是十分迷信?我不知道,虽然您的男孩们还在海上航行,您的叔叔红衣主教也已八十四岁了;王子也由于您灵活多变的个性而拥有了强大的护身符能抵抗戴奥妮亚可怕的魔力,但我还是没有这个勇气把戴奥妮亚送到您身边。认真说来,这次发生的巧合有其蹊跷之处。可怜的戴奥妮亚!我为她竟然遭到了曾经是那么受人尊敬的体面老头的骚扰而感到难过。我更为这令人难以置信的胆大妄为而感到难堪,只能说这个卑鄙的老东西一定是疯了才做出这种遭天谴的事情。但这次发生的事情仍让人觉得奇怪和不自在。上个星期闪电击中了索·阿戈斯蒂诺位于萨尔扎纳的别墅果园里的一棵大橄榄树,索·阿戈斯蒂诺本人正好在树下当即毙命;而就在他对面不到二十步正在从水井里打水的戴奥妮亚却毫发无损且镇定自若。这是一个闷热难耐的午后接近黄昏时分:我正站在我们某个村庄的梯田上,这梯田就像某种耐旱灌木一样被安插在半山腰上。我看见暴风雨从山谷倾泻而下,突然天地间一片漆黑,然后,一道闪光犹如一个魔咒般从天空划过,随之而来的是一声巨响,回荡在这群山之中。"我告诉过他。"当戴奥妮亚第二天回来暂时住在我这儿时(因为索·阿戈斯蒂诺的家人不愿意再让她多待哪怕半分钟)她平静地说,"如果他不让我一个人待着,上帝就会给他送来一个意外。"

1886年7月15日

我的书?噢,亲爱的多娜·伊芙琳,别提那让我脸红的书了!别让一个受人尊敬的老人,所谓的政府官员(圣马西莫和蒙特米罗利古雷地区的社区医生)承认他只是一个懒惰而无用的梦想者,他收集材

---

[1] 西班牙家喻户晓的传说中的人物,以英俊潇洒和风流著称,在文学作品中多被用作"情圣"的代名词。

料就像一个孩子在树篱外摘着带刺的野蔷薇果,喜爱它们只是因为那诱人的红色而踮足而立,不惜擦破双手,只为拥有它们时那片刻的欢愉,最终还是把它们扔掉……你还记得巴尔扎克说过的关于任何一部作品的写作计划吗?——"这真是令人陶醉的雪茄味[1]……"好的,很好!关于过去的艰难岁月中的古代神可以找得到的资料极其有限:从神父那儿听来的一二句引语;二三个传说;维纳斯重现;阿波罗太阳神在斯蒂利亚遭到迫害;在乔叟作品里普罗塞耳皮娜[2]将统治众仙女;在中世纪由于异教信仰而导致的一些隐晦的宗教迫害;直到不久前人们还在拉尼永[3]附近的布列塔尼[4]森林深处举行着某种奇怪的宗教仪式……至于唐毫瑟[5],他是一个真正的骑士,也是令人惋惜的一个,同时他也是个真正的吟游诗人,虽然不是最好的。阁下您可以在范德哈根[6]四大卷浩瀚巨著中找到一些他的诗歌,但我建议您对里特·唐毫瑟的诗歌持有自己的想法而不是瓦格纳[7]的观点。当然,异教神存在的时间之所以比我们推测的要久,因为有时他们是赤裸的,有时他们又穿着偷来的圣母玛利亚或其他圣人的衣服。谁知道他们现在是否还存在呢?或者,他们确实是不存在了?因为在那透着绿光的可怕的丛林深处,伴随着荒凉的芦苇摇摇摆摆发出吱吱嘎嘎的声响,是隐藏在那儿的潘[8];在那繁星点点的湛蓝夜空之下,伴随着飒飒的浪涛拍岸声,暖风夹带着甜蜜的柠檬花香,岩石上苦涩的桃金娘花,远处小伙子们边清理渔网边对着在橄榄树下割着野草的姑娘们唱着情歌,爱情——爱情——爱情,是无处不在的爱神维纳斯。而当我写作时在我对面,透过冬青树的枝条,在蓝海的那端,在呈紫绿条纹状的酷似拉文纳镶嵌图案的背景下,隐约可见白色的房子和围墙,教堂的尖顶和尖塔,模糊不清的波尔图维纳斯就像一座魔幻之城;……我喃喃自语地念着

---

1 原文为法语。
2 罗马神话中的神。
3 法国地名。
4 法国地名。
5 唐毫瑟(大约生于1200年),德国诗人。在历史上有迹可考,目前唐毫瑟的第一份歌集已知是出于1515年,后来陆续出现其他,而它们的版本因地方而异。
6 范德哈根(1780—1856),德国语言学家。
7 瓦格纳(1813—1883),德国作曲家,古典音乐大师。
8 希腊神话中半人半羊的牧神。

卡图卢斯[1]的诗句，但实际上我是在向一个更伟大却又更可怕的女神致意。

1887年3月25日

是的，我会尽我所能来帮助你的朋友。如果你们这些受过良好教育的人和我们这些满手粗糙的布尔乔亚共和党人一样有修养的话（虽然你曾经告诉我我的手有特异功能，因此教会和政党之间的和解也无法取代人们对相手术的狂热），想想在我流亡期间你的父亲为我提供食宿和衣服，你就不该为麻烦我寻找借宿的地方而向我表示歉意。亲爱的多娜·伊芙琳，只有你才会把我未来的朋友沃尔德马的雕像作品拍成照片寄给我……我对现代雕像艺术没有一点兴趣，我在吉布森和杜普雷工作室里待了几个小时，得出一个结论：这是一种没有生命力的艺术，我们最好将之埋葬。但是你的朋友沃尔德马看来有些传统的想法：他似乎能感受到肉体的神圣，以及现实生活所折射出的清澈透明的精神。但为什么他的雕像中只有男人和少年，运动员和农牧神？为什么只有他妻子的形单唇薄如圣女般的半身雕像？为什么没有肩膀宽阔的亚马逊神或是侧面丰满的阿芙洛狄忒[2]？

1887年4月10日

你问我可怜的戴奥妮亚最近过得怎么样。事情并非像阁下您和我当初所期望的那样，以为把她送到修道院和修女们待在一起就好了：但我敢打赌，像您这样喜欢异想天开和变化无常的人，一定更愿意（这个意愿被小心地隐藏在您严肃的那一面，您需要用它来给穷人赠送神圣的小册子或石碳酸等药物）看到您的女门徒是一个女巫而不是普通的女仆，是一个迷魂药制造者而不是织袜工或是做衬衫的裁缝。

迷魂药的制造者。简单地说，这是戴奥妮亚的职业。她靠着我代替阁下您发放给她的救济金生活（别人对此非议颇多），表面看来她的工作是织补渔网，采集橄榄，搬运砖头，或者其他各种各样的零活；但她

---

1 卡图卢斯（公元前约87—约前54），古罗马诗人。
2 希腊神话中爱与美的女神。

的实际身份是村子里的女巫。你认为我们的农夫有点疑神疑鬼？亲爱的伊芙琳夫人，也许他们像你一样对读心术，催眠术或鬼魂等不屑一顾，但他们却非常相信邪恶之眼，巫术和爱情魔药。每个人都能说出曾发生在自己亲戚或邻居身上的关于上述种种不可思议魔力的小故事。这里的农民在冬季当大雪封山时就不干活了，转而举办各种舞会自娱自乐，我的马夫兼勤杂工有个姐夫许多年前住在科西嘉，他非常想来参加舞会跟他的心上人跳上一曲。有个巫师收了他的钱给他抹上香油膏，他立刻变成了一只黑猫，在空中跳了三跳就飞越了大海，来到他叔叔的乡间别墅，在众多的舞者中他找到了他的心上人，并拉着她的裙子想引起她的注意；但他得到的回应是她反踢一脚直接把他惨叫着送回了科西嘉。当他第二年夏天回到这里时他拒绝跟那位女士结婚，他的左手还绑着绷带。"当我来韦利亚时你弄断了它！"他说，这一切看上去都解释得通。另一个小伙子在一个月朗星稀的夜晚，从他工作的马赛附近的葡萄园走回自己位于高山上的家乡，突然他听到从路边的一个谷仓里传来小提琴和横笛的音乐声，透过房屋的缝隙还隐约可见昏黄的灯光；于是他走了进去，发现许多女人在跳舞，有年轻的，也有年老的，其中还有他的未婚妻。他想要一把搂住她的腰跳一曲华尔兹（我们乡村舞会一般都演奏安格特太太这个曲子），但是女孩不让接近，并低声说："快走，这里都是女巫，她们会杀了你的；我也是女巫。天啊，我死后会下地狱的。"

　　我可以给阁下您讲好多诸如此类的故事。但爱的迷魂药是人们最常听说和买卖的。您还记得塞万提斯的学位那个悲伤的小故事吗？他喝的不是爱情魔药而是迷魂药，让他觉得自己是玻璃做的，是可怜的穷诗人的化身……戴奥妮亚给人们准备的就是这种爱的迷魂药。不；请别误会，迷魂药里没有她的爱。

　　这个爱的魔药的贩卖者既像寒冰一样冷酷，又似白雪一般纯净。牧师号召人们对她宣战，当她经过那些心怀不满的恋人时他们对她扔石头；当她背着篮子或抱着砖头走过时，那些正在海里划桨或是在沙滩上堆泥团的孩子们都会用伸出食指和小指比画并尖叫："女巫，女巫，丑陋的女巫！"但戴奥妮亚只是微笑，那像蛇一样滑稽的微笑，但比以前更多了一丝不祥的预兆。第二天我决定去找她并跟她谈谈她那邪恶的交易。戴奥妮亚对我比较尊重；我想这并不是因为感激，而是她对阁下您愚昧的老仆人的某种仰慕和敬畏。她现在居住在一间废弃的用干芦苇和稻草搭建的苫顶小屋里，就像那种人们在山顶上的橄榄树林中让牛暂时栖息的小屋棚。她不在那儿，但屋子四周有些正在啄食的白鸽，并且屋里突然传出她的宠物山羊奇怪的哀鸣声着实吓了我一跳……橄榄树林中已是黄昏时分，天空中只剩一条淡玫瑰色的云彩，而远处大海上方的云彩则状似拉长了的淡玫瑰花瓣。我吃力地向下行穿过桃金娘灌木丛，来到位于两块高而不平的岩礁中间的半圆形黄沙，这就是当时海难后戴奥妮亚被大海冲置的地方。她坐在沙滩上，赤着脚嬉戏着海浪；鬈曲的乌发上戴着用扭曲的桃金娘枝和野玫瑰花编织成的花环。她旁边坐着另一个我们这里最漂亮的女孩之一，铁匠索·图里奥的女儿莉娜，花头巾下她的脸色苍白得吓人。我本想上前跟她说话，但看她那紧张而又歇斯底里的样子又怕惊吓到她，于是我决定蹲在岩石后，透过桃金娘树枝看着她们，等待那姑娘离开再出来。戴奥妮亚懒懒地坐在沙滩上，向前探出身子用双手掬了一捧海水。"看，"她对索·图里奥的女儿莉娜说，"用你的瓶子装满这个然后给罗斯巴德的托马斯西诺喝。"然后她开始唱了起来："爱情是咸味的，就像海水一样——我喝下它而死于饥渴……海水啊！海水啊！我喝得越多，我燃烧得越快。爱情啊！你就像海草一样咸得发苦。"

1887年4月20日

亲爱的伊芙琳夫人，你的朋友已经安顿下来了。他们的房子建在过去曾是热那亚人要塞的地方，就像从我们海湾大理石岩块上长出了灰色的尖顶芦荟；岩石和房屋的墙壁（墙早在热那亚出现前就存在了）几乎浑然一体呈淡淡的灰色，间或沾着些黑黄的苔藓，并到处布满了桃金娘的嫩芽和深红色的金鱼草。这里曾是这个要塞最高的围墙，你的朋友格特鲁德常常在这里看女佣们晾晒细白的床单和枕套（这是北方人的习惯，赫尔曼和多萝西娅把它们带到南方），旁边一棵高大扭曲的无花果树探出身子像一个异样的怪兽状滴水嘴悬挂在蓝海的上空，成熟的果实常常掉落在幽深的碧池当中。房子里几乎没什么家具，但屋外一棵巨大的夹竹桃树高悬在房屋上方，现在正是花开正艳的时候，粉蕊碧叶，满树生辉；在所有窗台上，甚至包括厨房（沃尔德马的妻子用擦得发亮的黄铜炒锅作为厨房标志）到处都是小壶，小瓦罐和小桶，里面放满了成束的康乃馨，成把的紫花罗勒，以及百里香和木樨草，姹紫嫣红，赏心悦目。虽然你曾预言我可能会比较喜欢那个丈夫，但我更欣赏你的格特鲁德；她瘦削白皙的脸庞酷似某个托斯卡纳雕塑家完成的梅姆林[1]式圣母玛利亚，她细长纤弱的双手一直不停忙着某件精美的作品，就像那些中世纪的夫人们一样；当她抬头不经意地一瞥时，她的眼里闪现出奇异的蓝色，比天空更清澈透明，比大海更深沉难测。

我更喜欢有她陪伴的沃尔德马；我欣赏极其温柔有礼的天才，我并不想用情人来描绘他苍白的妻子，但我想不出更好的词了。在我看来，当他跟她在一起时，就像某个丛林里的原本凶猛狂躁的野生动物，变得像尤娜的狮子一样，驯服而又柔顺地对这个圣人耳提面命……这种温柔在野性的沃尔德马身上显得尤为美丽，这时他的眼神对野性动物来说是异样的，已没有一丝潜在的残暴了。我想这大概可以解释为什么他从来不做女性的雕像，他说（阁下您应让他对自己不敬的言语负责）女性雕像在力量和美感上总是不可避免地逊于男性；女人没有形体，只有表情，故而只适合绘画而不适合雕塑。女人的关键不在于她的身体，而在于她的灵魂（说到这里时他的眼睛温柔地看着他苍白纤瘦的妻子）。"但是，"我反驳道，"古人虽然也意识到这点，他们还是完成了一些还算不错的女性雕像：比如帕特农神庙里的命运女神，菲迪亚斯[2]风格的雅典娜，米洛的维纳斯……"

"啊哈！是的，"沃尔德马大声叫道，微笑着，眼里闪着野性的光芒，"但她们都不是女人，并且这些作品的作者同时留下了恩底弥翁[3]、阿多尼斯[4]、安喀塞斯[5]的传说：每个传说中都有一个女神的加入……"

---

[1] 梅姆林（1430—1495），生于德国，尼德兰佛兰德斯画家，北方文艺复兴运动中的杰出代表人物。
[2] 菲迪亚斯（公元前480—公元前430），古希腊雅典雕刻家和建筑设计师，被公认为最伟大的古典雕刻家。其著名作品为世界七大奇迹之一的宙斯巨像和巴特农神殿的雅典娜巨像。
[3] 埃特里俄斯俊美的儿子，为月亮女神塞勒涅所钟爱。
[4] 希腊神话中爱与美的女神阿芙罗狄娜所爱恋的美少年。
[5] 希腊神话中的神。

1887年5月5日

在阁下您待在拉罗什富科[1]的这段时间（比如说在许多舞会过后的大斋节[2]）是否感受到不是单单女方一方而是婚姻中双方的无私恰恰是很自私的？你瞧，你正在对着我的文字摇着小脑袋；但我敢打赌我听到你在说其他女人也许觉得取悦丈夫是对的，但对你来说，王子必须知道妻子的职责不仅要取悦丈夫更要及时遏制丈夫某些荒唐的想法。我真的觉得很愤怒，这么一个冰雪般纯洁的女神居然会希望另一个女人放弃一切的端庄就只因为这个女人可能会成为她丈夫合适的模特；这简直令人难以忍受。"别去打扰那个女孩吧，"沃尔德马笑着说，"如叔本华所说，从这个缺乏美感的性别中我能得到什么呢？"但格特鲁德一心想要她丈夫做一个女人的雕像；看来人们都在嘲笑他做不出来。很长时间来她一直在留心为他找一个合适的模特。看着这个苍白端庄，娴静清纯的女人，一点也不像个快要当妈妈的人，却像奴隶贩子一样仔细查看村子里的姑娘们，真是有点不可思议。

"如果你坚持要跟戴奥妮亚谈，"我说，"我也会坚持劝她拒绝你的请求。"但无论我怎么解释对一个贫穷的女孩来说端庄就是唯一的嫁妆了，沃尔德马的妻子就是对我的劝告充耳不闻。"她将是维纳斯的模特。"她只回答了一句。

我们一起到山上去，在几句激烈的争论后，我们慢慢地沿着在橄榄树林中的陡峭石径拾阶而上，沃尔德马的妻子紧紧抓着我的手臂。我们看到戴奥妮亚正在她小屋的门前把桃金娘枝捆成烧火的细柴。她闷声不响地听着格特鲁德的请求和解释；同时对我的极力劝说她不要接受不以为然。在一个男人面前脱光衣服，即便是我们村里脸皮最厚的女孩听到这种想法也会不寒而栗，看来却并没有让她这个集纯洁与野性于一身的女孩感到吃惊。她没有回答，只是坐在橄榄树下，目光蒙眬地望着大海。就在这时沃尔德马向我们走来；他是想来结束我们的争吵的。

"格特鲁德，"他说，"别难为她了。我已经找到一个模特了——比起任何一个女人，我更想要一个渔夫。"

戴奥妮亚抬起头带着蛇一般蜷曲的微笑。"我接受。"她说。

---

1 法国地名。
2 天主教会称四旬期，是基督教的教会年历一个节期。

沃尔德马沉默地站着，他的眼睛盯着她，她站在橄榄树下，她的白色衬衣宽松地包裹着迷人的喉咙，一双秀美的赤足踩在草地上。恍惚间，他似乎忘了自己曾说过的话，问起了她的姓名。她说自己叫戴奥妮亚；她是一个弃儿；然后她开始唱了起来：

> 桃金娘的花儿啊！
> 我父亲是那星空，
> 母亲则是那大海。

1887年6月22日

　　我承认我真是老糊涂了才会妒忌沃尔德马的模特。当我看着他手中的雕像渐渐地初具雏形，看着女神的身形慢慢地从黏土堆中蜕变而出，我问自己——这个问题大概会令比我敏感的道德家们感到困惑——一个乡村姑娘，在我们用正确与错误简单划分的世界里属于模糊不清而没有价值的生命，是否担当得起人类伟大的艺术作品，是否拥有维纳斯永恒不朽的美丽？庆幸的是，这两者不需要彼此抗衡。真要感谢格特鲁德的善良慈悲，虽然戴奥妮亚同意为她的丈夫当模特，但表面上她和其他人一样仅仅是个女佣；并且，为了防止她做模特的事流传出去为外界所知，有损她在圣西莫和蒙特米罗的声誉，她将被带到罗马，那儿没人知道她的底细，同时阁下您也可以有机会比较一下沃尔德马的爱神雕像和圣痕修道院的小孤儿谁更美丽。让我更加安心的是沃尔德马对这女孩奇特的态度。我简直无法相信一个艺术家看待一个女人能够像对待一个完全没有生命的东西，一个临摹的物体，比如一棵树或一朵花。的确他在践行他的理论，雕塑需要了解的只有身体，而身体不能被当成人。因此在数小时非常专注地凝视戴奥妮亚后，他对她说话的方式却几近粗暴无礼，冷酷无情。但我们又常常听到他私下在赞叹："她真美啊！上帝，太美了！"没有比爱一个女人的身材更能强烈地表达对一个女人的爱了。

1887年6月27日

　　你曾问过我，亲爱的阁下，这里的百姓是否还流传着任何关于异教徒的传说（你曾在你的房间里那些散落在中国瓷器及中世纪浮花织锦中的半裁开的卷角书堆上又放了些民间文学）。我当时对你解释说这里关于众神、恶魔以及英雄的神话传说都充满了仙女、食人魔及王子们。昨晚我去拜访沃尔德马时得到了一个奇妙的验证。在热那亚旧要塞山顶的一棵夹竹桃树下，我发现戴奥妮亚正坐在那儿给两个在她脚边用掉落的夹竹桃花瓣串着鲜花项链的金发小孩讲故事；从未离开过她的白鸽们或挺胸漫步或在罗勒盆栽中啄食，白色的海鸥绕着岩礁在头顶上盘旋飞翔着。我听到她说："三个仙女对国王的最小儿子，那个从小放牧长大的孩子说：'拿着这只苹果，把它给我们当中你认为最漂亮的一个。'然后第一个仙女说：'如果把它给我，你就能成为罗马国王，穿上帝王紫袍，戴上金色皇冠，拥有金色盔甲、马匹和大臣侍卫们。'第二个仙女说：'如果把它给我，你就能成为罗马教皇，戴上主教法冠，掌管着天堂和地狱的钥匙。'第三个仙女说：'如果把它给我，我就给你世界上最美丽的女子当你的妻子。'国王最小的儿子坐在绿草地上想了一会儿，然后说：'当国王或者教皇有什么用呢？给我漂亮的女孩当妻子吧，因为我还年轻呢。'于是他把苹果给了第三个仙女。……"

戴奥妮亚用半热那亚方言单调地讲述着故事，她的眼睛望向远处碧蓝的大海，星星点点的帆船像白色的海鸥布满海面，她的嘴角又露出了奇异的像蛇般蜷曲的微笑。

"谁告诉你这个传说的？"我问道。

她从地上掬了一捧夹竹桃花瓣撒向空中，看着玫瑰色的落英缤纷洒落在她乌黑的长发和白皙的胸脯上，倦怠地喃喃自语：

"谁知道呢？"

1887年7月6日

艺术的力量真是很神奇啊！不知是沃尔德马的雕像让我看到了真正的戴奥妮亚，还是戴奥妮亚真的长得比以前又更好看了呢？阁下您可能要笑话我了；但每次我见她时总是在瞥见她可爱的脸蛋后就立即把目光转开了；并不是因为我这个老单身汉的羞涩，而是一种宗教式的敬畏——那感觉就像孩提时代跪在妈妈身边听预示圣体升天的弥撒钟声时对教堂旗帜的蔑视……你还记得宙克西斯[1]和克罗多尼的姑娘们的故事吗？她们中最漂亮的五个当他的朱诺[2]都不嫌多。你还记得——博览群书的你——我们的作家关于艺术的价值所说的空话吗？这个女孩立刻就能证明那些都是胡说八道；她比沃尔德马为她做的雕像要美貌百倍。昨天当他的妻子带我走进他的工作室时他也是这么气恼地说的（他把热那亚旧要塞的一个已被挪为他用的教堂变成自己的工作室，据说这里早先是维纳斯神庙）。

他说话的时候眼里充满了凶猛的奇异目光，他随手拿起一个最大的雕刻工具，出其不意地狠狠地把雕像上整个精美的脸庞砸落下来。可怜的格特鲁德脸顿时变得惨白，一丝抽搐掠过她的脸颊……

7月15日

我真希望我能让格特鲁德明白，但我又实在无法开口说一个字。事实上，又有什么好说的呢？其实她心里最清楚除了她她的丈夫不会再爱上其他任何一个女人。但像她这么敏感多疑的人，一定很讨厌无休止地谈论戴奥妮亚，这个比雕像更加完美的模特。该死的雕像！我真希望它已经完成了，或者它从来就没有开始过。

7月20日

早上沃尔德马来找我。他看起来有些异常的坐立不安：我猜他是想告诉我些什么，但我又不能主动询问。我是不是太小心谨慎了？他坐在我的装有百叶窗的房间里，阳光大面积地照在红砖墙上，天花板上也透射着星星点点的光线，他东拉西扯地随意聊了许多话题，并且机械地翻阅着我那堆永远也写不完的关于流放之神的手稿，然后他站起来，紧张地在我的书房里踱着步子，断断续续地谈论着他的工作，他的目光突然落在了一个小祭坛上，这是我收藏为数不多的古董之一，一小块大理石上雕刻着花环和公羊的头，还有模糊不清的碑文上写着献给爱之神维纳斯。

---

1 古希腊时期的画家。
2 罗马神话中的女神朱诺，是大神朱庇特之妻，专司婚姻、生育和妇女，相当于希腊神话中的赫拉。

"人们在庙宇的废墟里找到它的，"我解释道，"大概就在你现在工作室的位置；至少，把它卖给我的那个人是这么说的。"

沃尔德马盯着它看了很久。"那么，"他说，"我猜这个小小的空间是用来烧香的。或者，既然有两个小小的沟与之相连，也许是用来收集祭祀动物的鲜血吗？很好，过去的人们更明智些，他们拧断鸽子的脖子或是点一小炷香来祭奠维纳斯女神，而不是像现在人们自己伤心欲绝。"他大笑着离开了我的房间，脸上带着奇异的暴戾神情。现在有人敲我的门了。是沃尔德马。"医生，"他平静地说，"可以帮我个忙吗？把你的小维纳斯祭坛借给我用一下——就几天时间，大概后天就可以还给你了。我想为雕像的底座参考一下祭坛的设计，它看来正合适。"我把祭坛给了他；帮他扛祭坛的小伙子告诉我沃尔德马把它放在工作室里，叫人送来了一瓶酒并倒了两玻璃杯的酒。一杯给了这小伙子慰劳他的辛苦；另一杯他喝了一口，并把剩下的都倒入了祭坛，并喃喃自语些听不懂的话。"这可能是德国人的习惯。"小伙子说。这人的想法真是好奇怪！

7月25日

亲爱的阁下，您让我寄几页我写的书给您；你想知道我究竟发现了什么。哎呀，亲爱的多娜·伊芙琳，恐怕我只能告诉你，我发现了这里没什么值得研究的；阿波罗太阳神从没在斯蒂利亚出现过；当乔叟[1]把仙后称为普洛塞尔皮娜[2]时，就像一个18世纪的诗人把她称为多莉，或是贝蒂，辛西娅，或是牧羊女，并没有特殊的用意；诅咒可怜的唐毫瑟的女人并非是维纳斯，而只是一个小小的苏尔比恩山精灵；事实上，诗歌都是诗人想象出来的，因此，那个不务正业的海因里希·海涅应该对异教神[3]的存在负完全的责任……我的手稿只能告诉你圣奥古斯丁[4]，德尔图良[5]和各种阴郁孤僻的大主教们对天父宙斯之爱以及伊希斯女神所创

---

1 乔叟（1340—1400），英国文学之父，被公认为中世纪最伟大的英国诗人，也是首位葬在维斯特敏斯特教堂诗人之角的诗人。
2 罗马神话中的冥后。
3 原文为德文。
4 圣奥古斯丁（354—430），天主教圣师，古罗马帝国时期天主教思想家，欧洲中世纪天主教神学、教父哲学的重要代表人物。
5 德尔图良（约160—230），生于迦太基的罗马天主教神父，是基督教著名的神学家和哲学家。因理论贡献被誉为拉丁西宗教父和神学鼻祖之一。

造的奇迹的看法，没什么值得您关注的……亲爱的伊芙琳夫人，现实是乏味的：至少在像我这样一个毫无情趣的老男人看来是如此。

但是，它看起来又并非如此。有时，世界似乎在玩一个诗意的，神秘的，又充满好奇和浪漫色彩的游戏。我像往常一样坐在窗户边上写作，奶白如水的月光看来要比我桌上昏黄闪烁的煤油灯亮堂许多。在神秘的夜幕灰色撩纱下，橄榄树果园和我窗台下的小径里突然响起了一阵混乱的夹杂着青蛙的呱噪和各种昆虫的鸣叫声；似乎有什么东西发出些微声响，也许是无数的流星，它们在月光的灼耀下呈模糊的蓝色，穿越在各个星系之间，最终隐没在无形的高空之中。橄榄树嫩枝在月光下闪闪发光：石榴树和夹竹桃的花朵在淡蓝色薄雾的笼罩下依然隐约可见艳丽的深红和玫瑰色。大海此刻呈现的是另一番风情，银波荡漾，涟漪阵阵，一条奇幻的长堤延伸到远处与苍白的天际线融为一体的闪着微光的海平面，海中央的帕尔玛利亚岛和蒂诺岛看起来就像是无形的影影绰绰的海豚。蒙特米罗的屋顶在黑魆高耸的柏树丛中忽明忽暗，隐约可见：往下看去，在远处沐浴在一半月光下的陆地尽头是圣马西莫：我们的朋友们栖身的热那亚要塞在天空的映衬下只显现出黑色的轮廓。一切都在黑暗中：渔夫早已上床就寝了；格特鲁德和孩子们也安然入睡了：至少是孩子们，因为我可以想象格特鲁德清醒地躺着，月光洒在她瘦削的圣母玛利亚般安详的脸庞上，当她想到年幼的孩子们睡在她的身边，最小的婴儿还趴在她的胸前，她就幸福地微笑了……在那个被挪为他用的旧教堂里有一丝灯光，据说这里曾是维纳斯神庙，现在变成了沃尔德马的工作室，破败的屋顶已用芦苇和稻草修补好了。沃尔德马半夜悄悄地进去，肯定是去看他的雕像去了。但他会回家的，在这个宁静的夜晚，心平气和地回到他熟睡了的妻子和孩子身边。上帝会保佑并守护他们的！晚安，亲爱的阁下。

7月6日

我收到了阁下您回复我的电报。非常感谢您派来了王子。我十分迫切地渴望并等待他的到来；一切并没有结束，也许还有点希望，但他能做什么呢？

孩子们是平安的：我们把他们从床上抱下来并送到了我这儿。虽然有炉火的取暖，他们还是有点发抖，更因为他们发现自己身处一个陌生的房子而哭闹不休,他们想知道他们的妈妈到哪儿去了;但后来他们发现了一只温顺的猫,于是我听到楼上传来欢快的声音了。

只有用芦苇和稻草做成的工作室的屋顶烧起来了,包括几根木头。沃尔德马在纵火时一定很小心;他从附近的面包店抱来一捆桃金娘枝和石楠枝晒干做成的细木柴,并扔进了许多燃烧的松球和树脂,不知为什么,我总觉得这气味闻起来像是烧香的味道。一大早,当我们径直来到还有些余烬未灭的工作室时,我们都被一股浓烈的类似教堂的香味熏得喘不过气来:我的大脑有些眩晕,不知怎的我突然想起了孩提时代在复活节时走进圣彼得大教堂的情形。

这一切发生在昨晚正当我在给你写信的时候。格特鲁德已上床休息了,把她丈夫一个人留在工作室。大约十一点左右女仆听到他走出来把戴奥妮亚叫起来为他当模特。他以前也有过这样的狂热,在灯光下看着她和他的雕像;你还记得他曾坚信古人们会在他们的庙宇里唤醒他们的雕像。仆人们说,他们听到格特鲁德在晚些时候曾蹑手蹑脚地下楼来。

你能明白这几个小时发生了什么吗?这几个小时看起来像好几个星期,好几个月那么漫长。他让戴奥妮亚躺在圣坛后面的一个大理石巨块上,她的身后是一幅暗红色的浮花织锦缎——就是那种带金石榴图案的威尼斯式织锦——像凡·艾克[1]画中的圣母玛利亚。他以前曾经给我看过她这样的造型,雪白的脖颈和胸脯一览无遗,胴体的两侧缠绕着雪白的绸缎,与屋内盘中燃烧松香发出的亮光映衬下的陈年大理石色彩十分协调……在戴奥妮亚的身体前面是祭坛——他从我这儿借走的维纳斯的祭坛。他大概收集了所有的玫瑰花放在祭坛上,然后把熏香撒在壁炉的余烬上,这时,格特鲁德突然走了进来。然后,然后……

我们发现她躺在祭坛上,灰白的头发混杂在香灰当中,她的鲜血——她没有多少血流出来,可怜的白色幽灵!——缓缓地淌在雕刻的花冠和公羊头上,把玫瑰花堆都染黑了。我们在城堡悬崖的山脚下发现沃尔德马的尸体。他原先是否打算在这个地方放一把火,让自己同时也葬身火海,还是他根本就没想要以这种让整个庙宇都变成火葬柴堆的方

---

[1] 凡·艾克(1380—1441),尼德兰画家,是早期尼德兰画派最伟大的画家之一,因其对油画艺术技巧的纵深发展作出了独特的贡献,被誉为"油画之父"。

式来完成祭祀？看起来像是前者，因为当我们匆匆忙忙从山上赶到圣马西莫时，整个山的那一边，干枯的草地，桃金娘木，石楠都在燃烧着，苍白而又连绵的短焰在蓝色的月空映衬下跳跃着，蔓延着，而在这烈焰照耀下那古老的城堡因烧焦而越发显得黑魆了。

8月30日

关于戴奥妮亚我无法告诉你确切的消息。我们对她都尽量三缄其口。在某个暴风雨的夜晚，有人看见她在悬崖上徘徊；但有个水手对我发誓说在城堡教堂——我们都这么叫它——被烧掉后的那天，在拂晓时分，在远离帕尔玛利亚岛的地方，过了波尔图维纳斯海峡，他曾看见一艘船头上画着眼睛的希腊船正在全速开往海里，船上的水手们在唱着歌。戴奥妮亚身上穿着紫金色的长袍，头上戴着紫薇花环，斜倚在桅杆旁，嘴里哼唱着不知何种语言，白色的鸽子在她的头顶上盘旋。

奥克赫斯庄园的奥克

致皮特·布杜莱恩伯爵、塔甘察、俄罗斯基辅政府

亲爱的布杜莱恩：

你是否还记得我曾给你讲过的奥克赫斯庄园的奥克夫人的故事？那天下午你就坐在佛罗伦斯的壁炉旁的板凳上。

你觉得这是一个非常荒诞的故事，而你本身又那么喜欢稀奇古怪的故事，一定要我立即把它写下来，虽然我反对这样做，因为这种故事一旦写下来，它的荒诞色彩就大打折扣，它的离奇魅力也会无端消失；印刷出来的油墨就如同圣水一般将原本让我们着迷的妖魔鬼怪驱散得干干净净。

但是如果，正如我所猜测的，你可能早已忘了这个充满离奇魅力的故事当时是如何让我们在那个燃着熊熊壁火的夜晚，兴致勃勃地对这个故事的情节发挥着各种想象力；或者正如我所担心的，奥克赫斯庄园的奥克夫人的故事对你来说味同嚼蜡，已经完全没有吸引力了，那么这本小册子至少还能唤起你的些许回忆，在那个俄罗斯夏日的度假期间，有这么一个像冬天的季节，有一个叫佛罗伦斯的地方，还有一个你的朋友陪伴着你。

浮龙·李

肯辛顿，1886 年 7 月

一

　　看到那幅戴着小男孩帽子的女人的素描了吗？不错，就是那个女人。我不知道你是否能猜得出她是谁。一个奇特的人，不是吗？她是我所见过的最不可思议的人：举止优雅迷人，颇具异国情调，但有时又拒人于千里之外，尖酸刻薄；在每幅素描中从外形轮廓到举手投足、一颦一笑都可以看出一种矫揉造作的怪异的优雅。为了准备画她的个人肖像，我已为她画了好多的铅笔素描。是的，在我整本素描簿中，她，是唯一的主角。虽然仅仅是一些草图，但你依旧可以从中看出她那与众不同的甚至有些诡异的绰约风姿。这张是她斜倚在楼梯上的，这张是她坐在秋千上的，这张是她匆匆地走出房间的。这张是她的头部素描。你会觉得她并不真的那么美貌非凡；她的前额有点大，鼻子也有点短。但这都不足以体现她的特别。真正让人印象深刻的是她脸上的表情。你看那奇怪的颧骨，瘦削且深凹；当她微笑的时候脸上闪现着最迷人的酒窝。她的举手投足处处透着极致的优雅和难以捉摸的神秘。是的，我已开始画她的肖像，但一直都没有完成。我先画她的丈夫。现在谁还有他的肖像？请帮我把这些相片从墙上拿开，谢谢！这就是她的肖像，已严重毁坏了。我不知道你还能辨认出多少；这只是一张草图，而且看上去有点匪夷所思。你能看出我是想让她斜倚在那面墙上——那是一堵高大的黄色的墙，看起来几乎呈棕色的——这样才能更好地衬托出她的轮廓。

　　看来非常奇怪为什么我会选择那面特殊的墙。在这种情况下确实有点不太理智，但我想这样做，因为这是她。我会把它装框并挂起来，人们会有各种疑问。是的，你的猜测是正确的——它就是奥克·奥克赫斯夫人。我忘了你有亲戚在这个地方，另外，我想当时的报纸上也是连篇累牍地报道这件事。你不知道其实这一切就发生在我眼皮底下？我到现在也几乎不敢相信这是真的：它看起来像是发生在很久以前，情节生动却又那么不真实，好像是我个人虚构出来的。这确实是比任何人所能想象得到的还要离奇。我怀疑除了我之外没有任何人能了解爱丽丝·奥克。你不会认为我毫无感情吧。她是一个非凡的、奇特而又精致的尤物，但没有人会为她感到惋惜。我则为她那可怜的丈夫倍感遗憾。看来这对她来说是个很好的结局；我猜想要是她能事先知道这样的结局她也一定会喜欢的。唉！我再也不会有机会画这样的肖像了，即便我想画。你从来都没听说过这个故事吗？好，我也不常提起，因为人们总是太愚蠢或是太多愁善感而不能理解这个故事，但我今天要说给你听。让我想想，屋子里光线已暗，我今天没法继续工作了，我现在就可以告诉你这个故事。但，等等，让我把她的脸转一下面对着墙。啊，她真是个不可思议的人物！

二

你还记得三年前，我接受邀请为一对住在肯特郡的乡绅夫妇画像的事吗？我确实不明白当时我怎么会鬼使神差地就答应了那个人的请求。有一天，我的一个朋友把他带到我的工作室——奥克赫斯的奥克先生，这是他名片上的名字。他是个身材高大，比例匀称，相貌英俊的年轻人，有着健康漂亮的肤色和修剪整齐的小胡子，穿着剪裁得当的精美服饰，他就像每天在公园里可见的其他任何一个年轻人一样，从头到脚都散发着无聊和乏味。奥克先生在婚前曾是皇家蓝军骑兵团的陆军中尉，现在他站在我的工作室里显得极度的局促不安，手足无措。一方面，他很不习惯在城里一本正经地穿着天鹅绒外套，另一方面，他也担心在跟我交谈时一点也不像个商人。他在我工作室里走来走去，认真细致地看着每一样东西，结结巴巴地蹦出恭维的只言片语，然后，他看着他的朋友希望能得到点帮助，因为他想要道出此行的目的，但很显然，他无法做到。他的朋友很热心地帮他解释道：奥克先生此次来是想知道我是否有时间帮他和他的妻子画肖像，以及我有什么条件。这个可怜的人在他朋友帮他解释此行目的时脸涨得通红，仿佛他提出了一个非常不合时宜的要求；并且我注意到——他唯一有点意思的地方——在他的双眉之间有一道奇特的由于长期紧张蹙额形成的皱纹，是典型的双道纹，——这通常被认为是不正常的标志：我认识的一个精神病医生称之为"癫狂纹"。当我回答后，他突然冒出了一些令人费解的说明：他的妻子——奥克夫人——曾经看过我的一些作品——画作——肖像——在——那——你们叫它什么？——学院里。她—简言之，这些作品给她留下了深刻的印象。奥克夫人对艺术有着很高的品位；因此她非常渴望能由我来给他们画肖像，云云。

"我的妻子，"他突然又添了一句，"是个不同寻常的女人。我不知道你是否会认为她很漂亮，——你知道她并不是传统意义上的美人。但是她非常的与众不同。"然后奥克赫斯的奥克先生就轻轻叹了口气，皱起了那道奇特的眉，仿佛说这段话、发表这样的评论费了他好大的劲一般。

我正好处于事业不顺的瓶颈。一个在上流社会颇有影响的人请我画像——你还记得那个站在深红色窗帘前的胖女人吗？这个胖女人受了别人的唆使，固执地认为我把她画得又老又丑，事实也确是如此。她朋友圈里所有的人都把矛头指向我，报纸上也都在讨论这件事情，一时间我被推向了风口浪尖，我被认为是不负责任的画家，没有哪个女人再愿意将她的容颜托付给我的画笔。情况变得很糟糕。所以我很仓促地但同时也是非常高兴地接受了奥克先生的邀请，并决定在两周后即刻动身前往奥克赫斯县。但奥克先生前脚刚走，我就开始为我的草率决定而感到后悔了。而且随着作画日期的临近，一想到我的整个夏日都要浪费在这个令人乏味的肯特郡乡绅和他的无疑同样无趣的妻子身上，我的厌恶感就与日俱增。我十分清楚地记得当我踏上开往肯特郡的列车时那烦躁的心情，同时我也更加清楚地记得当我到达离奥克赫斯县最近的那个小火车站时那愈发焦虑绝望的情绪。那天正下着大雨，一想到我的帆布画纸很可能在奥克先生的马车夫将它们放到马车顶的行李架上时就已经被雨水完全打湿了时，我既怒不可遏，又有点心安理得，我真是活该，来到这个莫名其妙的小地方来为这些莫名其妙的人画画。马车在大雨中继续行驶着，路面上满是黄色的泥泞。橡树下一眼望不到尽头的牧草地在漫长的干旱期已被高温烤成干枯的草烬，现在又在雨水的浸泡下变得像泡在水里的面包片一样可怕。整个乡村看起来单调乏味，令人难以忍受。

我的情绪愈发低落了。我开始想象这个我即将要见到的现代哥特式乡村住宅，里面可能有许多莫里斯[1]家具，自由牌地毯，以及我个人非常喜欢的穆迪耶的小说等。我想象着这个家庭里有五到六个小孩在跑来跑去——奥克先生看起来应该至少有五个孩子——还有孩子的姑妈们、阿姨们和表兄弟姐妹们；一成不变的下午茶和草地网球；最重要的是，我想象着奥克夫人，什么样的女子能被奥克先生称为非凡的女人？一位精力充沛、见多识广、终日操持家务的女主人？一位热衷于各种慈善组织和选举活动的年青女子？我又开始沮丧起来，我诅咒着自己由于贪心而接受了这次任务，我更失意于当我还有时间拒绝时我却鬼使神差般没有这么做。这时马车已驶入一个很大的公园，也许是一片连绵不绝的牧草场，间或栽种着高大的橡树，树下羊群正抱团在一起躲避着倾盆大雨。远处透过模糊的雨帘，依稀可见成片的矮山丘，山上种满了边缘呈锯齿状的浅蓝色冷杉树，还有一个孤零零的风车。自从我们经过一处住宅后大概已走了 1.5 英里而没有看到任何人家，远处更是空无一物——除了在风雨中摇摆的枯草，在高大的黑色橡树下被雨水浸泡的草泥，以及不知从何处发出的，似乎从四面八方传来的郁郁不乐的羊叫声。最后道路来了个急转弯，我为之作画的模特的家终于展现在眼前。它完全出乎我的意料之外。在一片倾斜的地面上矗立着一幢很大的红砖瓦砌成的房子，装饰着圆顶的山墙和詹姆士一世时代的高高的烟囱——这是个高大而又荒凉的住所，建造在草地的中央，看起来屋前并没有花园，只有孤零零的几棵大树显示了后花园的可能性；也没有草坪，但在这片沙土斜坡的另一边，有一道被填埋的堑壕，栽种着一棵巨大的橡树，树干低矮而中空，漆黑的枝干交错盘旋，几近枯萎，只有少量的树叶还在风雨中摇曳着沙沙作响。这完全与我想象当中奥克赫斯的奥克先生的家大相径庭。

房屋的主人在客厅迎接我，这是一个很宽敞的地方，到处是嵌板和雕花，四周悬挂的肖像一直挂到造型奇特的屋顶——罗纹交织的拱形就像船的外壳一样。他看上去比上回我们初见时更显得金发碧眼，面色红润，皮肤白皙，身穿粗花呢套装让他更显庸俗不堪；并且，在我看来，

---

1 见本书正文第 2 页注释 1。

更加温顺也更加无趣。他让人把我的行李搬到楼上，然后带我进他的书房，一间挂满马鞭和钓具的屋子，唯独没有书。屋里很潮湿，壁炉里的燃烧殆尽的残火正默默吐着轻烟。他紧张地踢了一脚余烬，敬了我一根雪茄，然后开口道：

"请你务必要原谅我没有马上带你去见我的妻子奥克夫人——总之，我想此时她正在睡觉。"

"奥克夫人不舒服吗？"我问道，心中骤然升起了一线希望，也许我可以远离为她作画这件事情了。

"哦，不，不，爱丽丝她很好；至少，她跟平常一样。"过了一分钟他用一种非常肯定的口吻补充道："我妻子的健康状况并不是很好——敏感性的体质。哦，不，一点儿也不严重，她完全没有病，只是有点神经质，医生说的；医生说她不能受刺激，不能焦虑或者激动；她需要长时间的休息——诸如此类。"

然后是死一般的沉寂。不知道为什么，这个男人让我十分沮丧。他的表情无精打采，茫然而困惑，与他显然令人羡慕的健康体魄一点儿也不相衬。

"我想你大概是个运动健将？"我绝望地问道，点头示意着放鞭子、枪支和钓鱼竿的方向。

"噢，不！现在已不是了！我曾经喜爱运动，但现在已全部放弃了。"他站在那儿背对着火炉回答道，眼睛盯着脚下的北极熊地毯。"我——我现在没有时间运动。"他补充道，仿佛觉得他有必要解释一下。"一个已婚男人——你懂的。你想去看看你的房间吗？"他突然打断了自己的思路，"我已为你准备了一间画室。我妻子说你应该会喜欢朝北的光线。如果你不喜欢，你可以选择其他任何一间。"

我跟着他走出书房，穿过宽敞的门厅。不到一分钟我就已把奥克夫妇和担心为他们作画会无聊而产生的厌烦抛在脑后，因为我已被这座房子惊人的美丽深深震撼了，之前我还想象这只会是一座时髦而庸俗的建筑。但毫无疑问，这是我所见过的最完美的老式英国庄园宅邸的典范；内部装饰极为富丽堂皇，而这一切完好如初地保存下来真是令人艳羡般地难以置信。超大的客厅里有一个巨型的壁炉，上面雕着非常精致的花纹，并镶嵌着灰黑相间大理石，一排排的家族成员画像从护墙板一直挂到橡木制成的如船壳一般拱起的穹顶。客厅正对着宽敞而平坦的楼梯，楼梯一侧的矮墙上间或装饰着兽形纹章，客厅的墙上布满了橡木雕刻的盾形纹章，叶状装饰及小型的神话故事场景，墙被漆成暗红蓝色，暗金色点缀其间，与延伸至橡木飞檐的暗金蓝色印花皮革浑然一体，这飞檐也有着同样精致的染色和镀金装饰。这一整套美丽至极的宫廷纹章波状花纹镶嵌工艺看起来一点也没有做旧的痕迹，仿佛没经过任何现代技术的加工，脚下的地毯仿佛就是16世纪波斯制造的；唯一有现代气息的就是摆放在楼梯平台处的那一大束插在意大利花饰陶器里的鲜花和蕨类植物。一切都静悄悄的，唯有楼下一个古典座钟发出的报时声时不时打破这沉寂，声音之清脆如同意大利宫廷喷泉所发出的声响。

在我看来我似乎被带进了睡美人[1]的宫殿。

"多么豪华的房子啊！"当我跟着主人走过长长的走廊，我情不自禁地发出这样的感叹。走廊的两边悬挂着一些皮革，护墙板上雕刻着花纹，并装饰着大型的婚礼风格的镶板，椅子看上去就像是来自凡·戴克[2]的油画。让我印象深刻的是这一切都是那么自然而然，浑然天成——一点也没有人工刻意打造的古色古香，而这常常是那些富裕而又追求审美情趣的人家的风格。奥克先生却误解了我。

"这是个不错的老房子，"他说，"但对我们来说太大了。你看，我妻子的健康状况不允许我们有许多访客；而且我们也没有孩子。"

我想我从他的语调里听出了点含糊的抱怨；而他显然也意识到了这一点，因为他很快又补充道：

"我一点儿也不喜欢孩子，真的，就我而言，我不理解为什么会有人喜欢。"

我心想，如果有人竭尽全力地想撒一个谎，此时此刻非奥科赫斯的奥克先生莫属。

他把我带进属于我的两间大屋子中的一间后就离开了，我把自己扔

---

1 《格林童话》中的经典童话故事之一。
2 安东尼·凡·戴克（1599—1641），17世纪有名的佛兰德斯画家，是英国国王查理一世时期的英国宫廷首席画家。

进了一张舒服的扶手椅里，开始回味起这所富丽堂皇的房子带给我的不可思议的印象。

我非常容易受到此类印象的影响；并且除了有时某些人罕见而怪异的性格会让我产生遏制不住的兴趣外，我知道没有什么能比一座不同凡响的房子所具有的神秘魅力、诡异静谧及无法解析更能吸引我了。坐在这样一间我目前正呆坐其中的屋子里，看着织锦挂毯上的人物在暮光中闪着灰色、丁香色和紫色的微光，圆柱支撑、帷帐虚掩的大床在屋子中间若隐若现，意大利石雕工艺镶嵌的高高悬挂的壁炉台下燃烧的余火正在慢慢变红，故去多年的女子亲手摆放在瓷花碗里的玫瑰花叶和香料还散发出隐隐约约的香味，楼下的座钟不时地发出微弱而又清脆的报时声，充满了整个屋子，似乎提醒着过去的时光；——这种经历仿佛具有撩人的魅力，令人欲罢不能，这种感觉却又奇特、复杂、难以言表，就像吸食了印度大麻或鸦片的人达到飘飘欲仙，醉生梦死的兴奋状态，却难以向别人表述，恐怕只有像波德莱尔[1]这样的敏感而又易于激动的天才才能做到。

我换好用晚餐时的衣服后，又重新回到刚刚坐过的沙发椅，继续浮想联翩，回忆刚刚所看到的一切——记忆正渐渐褪去，就如挂毯上的人影变得越来越模糊，但又像壁炉中的烬火一样虽已燃烧殆尽仍余温犹存，也像瓷花碗中玫瑰花叶和香料虽已破败枯萎仍余香缭绕——种种回忆仍在我的大脑里徘徊。我没去想奥克夫妇；沉浸在这异乎寻常的愉悦当中，我觉得我有点遗世独立，与世隔绝了。

渐渐地炉火中的余烬已变得苍白了；挂毯上的人物在暮色中更显得影影绰绰；圆柱支撑帷帐虚掩的大床更加模模糊糊，若隐若现；整间屋子被朦朦胧胧的灰色所笼罩；我的目光游离到装有竖框的弓形凸窗，越过窗玻璃，逡巡在窗子四周大量精致的石雕工艺上，向远处望去，只见广袤连绵的浅黄褐色湿草地，间或栽种着高大的橡树；更远处是一片黑魆魆的苏格兰冷杉林，透过锯齿状的树林边缘，可见潮湿的天空中布满了血红的落日余晖。屋外的常青藤还渐渐沥沥地滴着雨水，夹杂着掉

---

[1] 夏尔·皮埃尔·波德莱尔（Charles Pierre Baudelaire, 1821—1867），法国19世纪最著名的现代派诗人，象征派先驱，诗集《恶之花》是其最具代表性的作品。

队的小羊羔或高或低的反复哭叫声，那哭声既颤抖又凄凉，令人不寒而栗。

突然一阵急促的敲门声让我惊跳起来。

"难道你没听见吃饭的摇铃声吗？"是奥克先生的声音。

我完全忘记了他的存在。

我想我再也回忆不起来最初见到奥克夫人的样子。我的记忆已完全被随后对她的渐渐了解所取代；由此我认为尽管这个非凡的女子在很短时间内就征服了我，但在一开始我不可能对这个女人产生浓厚的兴趣和仰慕。如果仔细琢磨，这是一种异乎寻常的兴趣和仰慕，正如她本人是一个非同一般的女子，而我，如果你愿意相信，也是一个不寻常的男人。关于这一点后面会有更好的解释。

显然我已无比惊讶地发现我将要为之作画的女主人与我原先预料的完全不一样。哦不——现在想来也许应该这么说，我几乎一点儿也不吃惊；或者我曾有过震惊的感觉，但也只是转瞬即逝。事实是，一旦你见过爱丽丝·奥克本人，你就不可能记得你之前对她的任何猜想：因为她总是让人觉得她的身上有种完全异乎其他任何人的个性，也许是个不可捉摸的谜。

让我试着给你一些关于她的描述吧：不管怎样，这并不是第一印象，但却是我逐渐了解的一个真实的她。在我开始之前我必须要一再重复的是，她是我所见过的最优雅最精致的女人，真是无与伦比。但是这里我所说的优雅和精致与这两个词原先带给人们的印象完全不同：优雅和精致给人的第一感觉是完美，但我坚信，在我看来，这是她给人的第一印象，也是最后的印象。可以想象的是，如果可能的话，这是千年难遇的一种组合，她的一言一行，她的一颦一笑，她的一举一动，她的一娉一婷，无一不颠覆着我们对优雅精致的理解，形成我们前所未有的崭新的对倾城美女和绝世佳人的渴求。她个头高挑，我想人们也许会说她削瘦。我不知道，因为我从没觉得她有真实的身体——诸如骨头、血肉之类的东西；只有一些美妙绝伦的线条，以及奇妙怪异的性格。高而苗条，当然，没有一点地方符合人们通常所认为的身材健美的女子。她非常笔直——我的意思是她没有人们所说的玲珑有致的身材——像竹子一样；她的肩膀有点高，而且明显有点驼背；她从来不穿无袖露肩的衣服。但是这个像竹子一样的身材在举手投足间却有着一种与众不同的柔软和端庄，她每走一步都像演戏一样韵味十足，我简直无法用其他任何比喻来形容；既带有几分孔雀的艳丽和傲娇，又掺杂着几分牡鹿的威严与豪迈，但最重要的是，这就她独一无二的风格。我真希望我能描述她，唉，我真希望！——我希望，我希望，我许了上千次的愿——我能够画出她，就像我现在看见她的样子，如果我闭上眼睛——哪怕在我的脑海中只有一个模糊的轮廓——我都想画出来。她就在那儿！我如此清晰地看着她在房间里来来回回地走动，稍微有些高耸的肩膀，笔直灵活的后背，长而纤美的脖颈，骄傲的头颅，精心修剪过的卷曲的短发，总是有些微微的驼背，无一不参与完成了她整体柔美而无懈可击的线条。除了她有时会突然稍稍往后一仰，然后微笑，既不是对我，也不是对其他任何人，亦或是刚刚提到的任何事，她笑仿佛是因为自己突然看到了或听到了什么，瘦削而苍白的脸颊上现出奇特的酒窝，睁得大大的眼睛里也显现出奇特的眼白：这一刻她的举手投足间俨然有了牡鹿的气势。但是这么谈论她的意义何在呢？我相信，你知道的，即便是最伟大的画家也无法用寻常的手法天衣无缝地再现一个美貌绝伦女子真正的动人美丽。提香[1]和丁托列托[2]笔下的女子一定比她们在画布上的形象要美上千倍。有些东西——可能是最本质的东西——往往缺失了，也许是因为真正的美女就像是一段时间的产物——如同一段音乐、一次传承、一个系列——同时也是空间的产物。请注意，我现在谈论的是传统意义上的美女。那么，设想一下，对于像爱丽丝·奥克这样的美女来说，那缺失的可就更多了，不是吗？如果铅笔和毛笔都无法成功地再现她的每一个线条和色彩，又怎么可能用贫瘠的文字来展现更加模糊的印象——文字只是一种重要的传统手段给人以少得可怜的抽象概念？长话短说，在我眼里，奥克赫斯的奥克夫人是一个优雅和古怪都达到极致的——异乎寻常的生物，你无法准确地描述出她的魅力，正如你无法弄明白某种新发现的热带鲜花的香味到底是像蔷薇还是像百合。

第一次吃饭的气氛很让人沮丧。奥克赫斯的奥克先生——那儿的人

---

1 提香（1490—1576），被誉为西方油画之父，是意大利文艺复兴后期威尼斯画派的代表画家。
2 丁托列托（1518—1594），16世纪意大利威尼斯画派著名画家，是提香最杰出的学生与继承者。

们都这么称呼他——简直害羞到极致，我想他大概是怕在我和他妻子面前表现得像个傻瓜吧。但他的这种腼腆并没有逐渐消除；我很快就发现，虽然人们在陌生人面前的羞怯会有所增加，但奥克先生的羞怯并不是因我而生，却是由于他的妻子。他总是不时地看看她，似乎想开口说些什么，然后又陷入沉默。看着这个身材高大、相貌英俊、浑身上下充满男人味的年轻男子，本应该是风月场上的常胜将军的，此时却在他自己的妻子面前突然变得张口结舌，脸色泛红，这真是件让人难以理解的事。这并不是由于他的愚笨；因为当你和他单独相处时，虽然他也总是反应迟钝并谨小慎微，但他还是有很多自己的想法，特别是非常明确的政治和社会观点，以及一股子想要达到目的或了解真相的孩子般的热忱，令人十分感动。另一方面，奥克这种奇特的羞涩，就我所理解，并不是由于他妻子的霸道所造成的。如果你稍加观察，你就会发现，在生活当中夫妻双方总有一个习惯于发号施令，凌驾于另一半之上，觉得自己总是正确的，于是双方形成一种默契，一个习惯于关注并挑毛病，而另一个则习惯于被关注并被找茬。但显然这个规律并不适用于奥科赫斯家。奥克夫人看来一点儿也不在意她的丈夫。他可以说些蠢话或做些蠢事而不会受到任何指责甚或是关注。也许从他结婚的那一天起他就开始这样做了，明眼人都看得出。而奥克夫人则直接忽略了他的存在。我不能说她对他其他人更感兴趣，甚至包括我在内。最初我以为这是她的一种矫揉造作——因为她的整个外表有一种令人难以置信的东西，让人忍不住要琢磨琢磨，一开始也很容易让人指责她装模作样；她的穿着很奇怪，并不是那种约定俗成的古怪的美感，而是非常个性化，非常离奇，仿佛穿着17世纪某个女性祖先的衣服。是的，最初我认为这是她在装腔作势，故意在我面前展现她无可抗拒的迷人风采和高高在上的不屑一顾。她看上去似乎总是在思考些什么；她虽然说的很多，而且总是表现得比别人聪明，但她留给人的印象却是和她丈夫一样沉默寡言。

在我在奥科赫斯逗留的一开头几天，我猜测奥克夫人是个调情高手；她心不在焉的态度，跟你说话时若即若离的神情，神妙莫测的微笑，无一不是卖弄风情的方式，既让人爱慕，又让人困惑。我之所以会有这样的误解是因为这与一些外国女人的调情方式很有些类似——与英国式的不同——对那些心知肚明的人意思是"来向我求爱吧"。但我很快发现我理解错了。奥克夫人一点儿也没有想要我追求她的意思；的确，她完全没有给我往这方面去想的机会；而从我的角度出发，我反而更加对她产生了浓厚的兴趣。我开始意识到，在我面前的不仅仅是个最令人不可思议的罕见的绘画对象，举止优雅而又令人困惑，而且有着异乎寻常而又神秘莫测的性格。现在回想起来，我忍不住会认为这个女人心理上的怪癖可以归结为过度地关注自己——一种纳西索斯式[1]的自恋——离奇地杂合着一种梦幻的想象，一种病态的白日梦，由于她的性格不够外向，无法缓解一部分的心神不宁，这一切都转化为内心反常的强烈需求，尤其想要让她的丈夫感到惊喜和震撼，她为此得到的报应就是她的丈夫总是想要得到她的肯定和青睐，对她来说真是乏味。

我逐渐地看清了这一点，但我还是无法真正地撩开笼罩在奥克夫人身上的神秘面纱。我总感到她的内心有种我无法解释的捉摸不定和高深莫测——与她奇特的外表一样令人难以理解，也许这两者是紧密相连的。我开始对她产生兴趣了，似乎我已爱上她了，但又绝不仅仅是爱。我既不会因她离开而有所牵挂，也不会因她在身边就心怀喜悦。我完全没有想要取悦她或博得她的注意，但是我的脑子里全是她。我狂热地追随着她，她的娉婷身姿，她的娓娓言谈，充斥着我的生活，让我不再觉得无聊。奥克一家的生活离群索居。他们附近邻居极少，几乎见不到面，而且他们也少有访客上门。奥克先生自己觉得似乎有责任要对我解释这一点，于是在午后散步或饭后闲谈中，他会很含糊地提及，也许我会觉得在奥科赫斯的生活有些沉闷，那是因为他妻子的健康状况让他无暇社交，而且他妻子觉得邻居们令人厌烦。在这些事情上他从来没有质疑过他妻子的判断。他仅仅讲述一件事实，仿佛这么做是件简单而必须的事。然而在我看来，有时这种单调无聊的生活是这个视他如身边桌椅板凳一般平常的女人刻意为他营造出来的，目的是为了让他产生失落的情绪从而激怒他，因为他是多么适合过一种愉悦的普通人的生活啊。我常常好奇他是如何忍受这一切的，他与我不同，既没有兴趣研究那些琢磨不透的心理学难题，也没有肖像要画。我发现他是一个好人——那种

---

[1] 源于希腊神话。相传，纳西索斯是河神刻斐索斯与水泽女神利里俄珀之子，是一位长相十分清秀的美少年，却对任何姑娘都不动心，只对自己的水中倒影爱慕不已，最终在顾影自怜中抑郁死去。

非常善良本分的英国年轻人,应该是个基督徒;虔诚,单纯,勇敢,不会玩弄权术,有点头脑简单,他也无法理解令人良心不安的种种道德败坏。佃农的生活和他的政党——他是个肯特郡保守党成员——占据了他大部分的思想。每天他都在书房里花好几小时做土地代理商的工作和立法的工作,阅读大量的报告、新闻报纸和关于农业的论著;吃饭时手里还拿着一叠信件在看,他健康的脸上常常浮现出奇怪而又困惑的神情,他的双眉之间由于紧皱而出现深深的沟壑,我的一位心理医生朋友称之为"癫狂纹"。正是由于这种奇异的面部表情才让我愿意画他;但我觉得他不会喜欢这样,毕竟按照传统观念展现他健康红润的脸色,白皙的皮肤,金黄的头发对他来说才更公平。可能我对奥克先生的肖像并不怎么上心;不管怎么画他我都觉得满意,因为我的全副精力都消耗在思考如何画好奥克夫人,如何把这个独一无二的谜一般的女子最好地呈现在帆布油画上。我先开始画她丈夫的肖像,然后坦诚地告诉她我需要更多的时间来研究她。奥克先生并不理解为什么在画他妻子的肖像之前需要准备一百零一张的铅笔素描,即便是决定以何态度作画也要慎重考虑;但我认为他很高兴能有机会留我在奥科赫斯多住些日子;我的逗留显然打破了他单调的生活。而奥克夫人则对我的去留完全漠不关心,就像她从没在意过我的出现。我并不想显得无礼,但我要说我从未见过一个女人如此忽略她的客人;她有时会与我攀谈一个小时,或者让我打开话匣子,但她看上去总是心不在焉。她会躺在一张宽敞舒适的17世纪的沙发椅中听我弹钢琴,瘦削的脸颊上时不时浮现那神秘莫测的微笑,眼睛也闪现奇异的眼白;但她从未在意过我的音乐是否还在继续。她对我为她丈夫画的肖像从未表现出,或者假装表现出哪怕一点点的兴趣;但这对我来说都不算什么。我并不想要奥克夫人觉得我很有趣;我只希望我能继续研究她。

第一次奥克夫人完全意识到我的存在,而不把我等同于其他那些桌椅板凳,或是躺在门廊前的狗,或是前来拜访的牧师、律师,以及偶尔受邀来一起吃饭的个别邻居,是有一天——我大概已在这住了一星期了——当我偶然对她提及她和挂在那个天花板似船壳一般的客厅里的一幅肖像非常相似时。这是一幅全身肖像,画得不算太好也不算太差,可能出自于17世纪早期某个意大利画家之手。它被悬挂在一个相当阴暗的角落，面对着另一幅显然出自同一人之手的面色黝黑的男人画像，此人身穿黑色的凡戴克式服装，面部表情流露出一种忧郁的决绝。他们显然是一对夫妻；在妻子画像的一个小角落里有着如下字迹："爱丽丝·奥克，维吉尔·庞弗雷特先生的女儿，奥科赫斯的尼古拉斯·奥克的妻子"，以及日期1626年——"尼古拉斯·奥克"就是角落里那张小画像中的男人的名字。那位女士真是像极了现在的奥克夫人，至少就这张查理一世早期技法一般的画像而言，还是很像19世纪这个活生生的女子。画中的女子有着同样奇异的身材和脸部线条，瘦削的脸颊上有着同样的酒窝，同样张得大大的眼睛，同样高深莫测的古怪表情，而这一切即便是当时最无力的画笔最普通的技法也无法将其抹煞。你可以想象这个女子和她的后代一样有着相同的走路姿势，同样美丽的颈背部线条和微微低垂的头部；因为我发现奥克先生和奥克夫人虽是堂兄妹，但同时也都是尼古拉斯·奥克和维吉尔·庞弗雷特先生的女儿爱丽丝的后代。但这个相似度被人为加强了，因为我很快发现现在的这个奥克夫人竭尽全力想让自己看上去更像她的祖先，她穿着17世纪样式的服装；不，有时简直就是直接模仿这肖像上的样式。

"你觉得我长得像她。"奥克夫人梦幻般地回应了我的话，她的眼睛游离在某个看不见的地方，瘦削的脸颊上露出带着酒窝的迷离微笑。

"你长得像她，你知道的。或者我更想说你希望长得像她，奥克夫人。"我笑着回答。

"也许吧！"

她望向她的丈夫。我注意到奥克先生除了皱眉之外，他的脸上有种明显生气的表情。

"奥克夫人想要看上去像那幅画像，这是真的吗？"我带着一种促狭的好奇问道。

"哦，这可真是胡说八道！"他惊呼道，从椅子上跳了起来，紧张地走到窗户边，"简直是荒唐，太荒唐了。我请你不要，爱丽丝。"

"不要什么？"奥克夫人问道，语调轻蔑中透着一种冷淡，"如果我长得像那个爱丽丝·奥克，有什么不好呢？我很高兴大家都这么认为。她和她丈夫是我们这个家族唯一的两个——我们这个最不景气，污浊而没用的家族——曾经至少还算是有点意思的人。"

奥克先生的脸变得通红，眉头也因痛苦而皱紧了。

"我不明白你为什么要诋毁我们的家族，爱丽丝，"他说，"感谢上帝，我们家族的成员，无论男女，一直都是正直诚实，受人尊敬的人。"

"除了尼古拉斯·奥克和他的妻子爱丽丝，维吉尔·庞弗雷特先生的女儿。"她大笑地回答道，这时奥克先生已大步地走出屋子，走向了花园。

"他简直太幼稚了！"当只剩我们俩在一起时，她大声说道，"他其实非常介意，他深深地为我们的祖先在两个半世纪前所做的错事感到羞愧。我相信威廉很想把这两幅画像拿下来烧掉，如果他不是顾忌我及邻居的话。而且事实上是，这两个人的确是我们这个家族仅有的两个曾经还算有点意思的人。总有一天我会告诉你这个故事。"

实际上，这个故事是奥克先生自己亲口告诉我的。第二天，当我们在做清晨的例行散步时，他突然打破了长时间的沉默，之前他一直在用随身携带的钩棒把干枯的草挑出，就像所有热心的肯特郡人一样，不仅为自己，而且还帮别人把蓟草割掉。

"恐怕你会认为我昨天对我妻子的态度不好，"他有些腼腆地说，"事实也确是如此。"

奥克是那种非常有绅士风度的人，在他的眼里每一个女人，每一个妻子——特别是他的妻子——都有其圣洁之处。"但是——但是——对于把自己家族里的丑闻旧事重提我还是很介意的，这点我的妻子没有考虑到。我想爱丽丝可能认为这是发生在很久以前的事了，与现在的我们没有一点关系；她想这只是一个生动的故事。我猜想大多数人都是这么认为的；总之，一定是这样的，否则外面就不会流传那么多不光彩的家庭丑闻了。但无论它发生在多久的过去，我总还觉得它对现在是有影响的；只要它还是这个家族里悬而未决的不体面的事，我就宁愿把它忘记。我不理解为什么人们愿意讨论他们家族里的谋杀，鬼魂之类的种种。"

"顺便问一下，奥科赫斯有鬼魂出没吗？"我问道。这地方看起来需要有鬼魂来完善它诡异阴森的气氛。

"我希望没有。"奥克语气沉重地回答。

他的严肃凝重使我不禁笑了起来。

"为什么,难道你不喜欢吗?"我问。

"如果确有鬼魂的话,"他回答,"我想他们不应该被轻易接受。上帝不会允许他们存在的,除非这是上帝的警告或是惩罚。"

我们继续默默地向前走了一段时间,我正暗自感叹着这个平庸的年轻人奇特的一面,并有些希望我能在他的画像里呈现出这种既奇妙又与他令人乏味的认真相匹配的东西。这时奥克把关于这两个画像的故事告诉了我——告诉了我一个对于常人来说极为荒唐的几乎是不可能发生的故事。

他和他的妻子,正如我之前所说,是堂兄妹,因此是同一个肯特郡古老家族的后代。奥科赫斯的奥克家族要追溯到诺曼时代[1],几乎是撒克逊时代[2],比方圆百里任何一个有头衔的,有名望的家族都要久远。看得出在威廉·奥克的心底里,他压根看不起周围所有的邻居。"我们没有取得什么辉煌的成就,或成为非凡的人——没有任何的官衔,"他说,"但我们一直住在这里,而且众所周知我们一直都很本分,恪尽职守。我们的一个祖先在苏格兰战役中阵亡了,另一个则牺牲在阿金库尔战役[3]——都是忠诚的上尉。"但是,在17世纪早期,这个家族的成员骤然减少到只剩下尼古拉斯·奥克一个人,就是他重建了现在的奥科赫斯。这个尼古拉斯的举止行为显得与整个家族的传统有些格格不入。他年轻的时候就到美洲去探险,而且大家都认为他比所有平庸的祖先都要出色一些。当他已青春不再时他就结婚了,妻子是维吉尔·庞弗雷特的女儿爱丽丝,邻县一个年轻美丽的女继承人。"这是奥克家族第一次与庞弗雷特家族联姻,"我的主人告诉我,"也是最后一次。庞弗雷特家族跟我们不是一类人——不安分守己,追名逐利;他们家族有一名成员曾是亨利八世的宠臣。"显然威廉·奥克完全没意识到自己的血管里也流淌着庞弗雷特家族的血液;他谈论起这些人来带着一种显而易见的家族的厌恶——这是奥克家族,一个古老谦逊而又受人尊敬,安分守己地做好本职工作的家族,对于另一个以追逐财富为目的,甘当奴颜婢膝的宫

---

1 十世纪在诺曼底定居者的后裔。
2 六世纪曾征服英国部分地区的西日耳曼人。
3 1415年,英王亨利五世于法国北部阿金库尔村重创兵力数倍于己的法军。

廷弄臣家族的厌恶。后来,有个叫克里斯托弗·罗夫洛克的时髦青年及诗人为了继承他叔叔的遗产而搬来住在奥科赫斯附近的一座小房子里。他当时正被卷入宫廷里的一桩风流韵事而有些声名狼藉。这个罗夫洛克与他奥科赫斯的邻居建立了深厚的友谊——显然这友谊有点太深厚了,特别是与女主人之间,也许是她丈夫或是她本人的意愿。不管怎样,有一天晚上当罗夫洛克独自一人骑马回家时,他被袭击并被谋杀了,表面上看好像是拦路抢劫的强盗干的,但随后四下里流传的谣言都说他是被尼古拉斯·奥克,和他装扮成马夫的妻子一起杀死的。没有证据能证明这一点,但这一说法一直流传了下来。"我们还是孩子的时候他们就常常告诉我们这些,"我的主人声音嘶哑地说,"用关于罗夫洛克的故事吓唬我的堂妹——我是说我的妻子——和我。这只是一个传说,我希望这种说法已没人再提了,就像我真诚地祈祷上帝希望这一传说是假的。""爱丽丝——奥克夫人——你也看到了,"过了一会他接着说,"她就不这么认为。可能我有点病态,但我就是不喜欢别人旧事重提,重翻旧账。"

关于这个话题就到此为止了。

三

从那时起我就开始认为在奥克夫人的眼里一定藏着些有趣的故事;或者,我开始意识到我拥有了引起她注意的手段。也许我这样做是错误的;后来我也常常为此狠狠地责骂自己。但归根结底,我怎么知道我恶作剧般地多了几次嘴,仅仅是为了更好地完成我正在画的肖像,而且我只是出于对心理学的热爱,出于对浪漫情感和怪癖人格的好奇,喜欢研究这个总是魂不守舍的举止古怪的年轻女子,我怎么能预料到我所打交道的竟然是危险人物?如果一个人被迫要跟一些异于常人的人打交道,那他是不必为此负责任的。

因此,如果说我确实做了什么恶作剧,我也不应该责怪自己。我在奥克夫人身上发现了一个对于像我这样特别的肖像画家来说十分独特的主体,一个最异乎寻常的奇特的个性。如果我只是远距离地观望,没有靠近仔细地研究这个女人的真实性格，我就不可能公正而传神地画出我的作画主体。我需要把她的性格调动起来。因此我跟她说话，也让她谈谈她对查理一世时代她的两个祖先及他们蓄意杀害的一位诗人所持有的荒诞的想法，难道你有比这更妥当的方法吗？——尤其是当威廉·奥克在场时，我非常小心谨慎地维护着他的成见，避免谈论这件事情，也尽可能地制止奥克夫人这样做。

我猜的没错。1880 年的爱丽丝·奥克所有的幻想，或者称之为狂热也好，装腔作势也罢，都是为了模仿 1626 年的爱丽丝·奥克；而你要是能意识到她们俩的相似，你就能博得她的欢心。在所有我见过的那些由于没有孩子而空虚无聊导致行为异常癫狂的女人中，她可真算得上是最出类拔萃的了；可能还不仅于此，这真是一种令人惊叹的特质。它把我想象当中的行为怪诞的奥克夫人抹煞了——这个谜一般离奇的女子，触不可及的精致人儿——她对现代没有一点儿兴趣，只对过去怀着异乎寻常的狂热。这样就可以解释为什么她的眼神总是那么迷离，她的笑容总是那么茫然。这就像用文字来描述一段不可思议的吉卜赛音乐一样，她是如此的另类，与她同时代的其他女子都大相径庭的是，她想将自己等同于过去的一个女人——那么她应该要学会调情——也许以后吧。

我告诉奥克夫人我已从她丈夫那里得知了关于维吉尔·庞弗雷特的女儿爱丽丝·奥克和诗人克里斯托弗·罗夫洛克的悲剧故事，或者也可以说是未解之谜。这时，只见她那美丽而又苍白得近乎透明的脸上重又浮现出我之前见过的那种既暗含轻蔑又意欲使人恼怒的神情。

"我想我的丈夫一定被整件事情吓坏了，"她说道，"他是否只告诉了你详情的一小部分，并且庄重地向你保证他认为整个故事只是一个可怕的诽谤？可怜的威利！我一直都记得我们小的时候，我常常跟着妈妈到奥科赫斯过圣诞节，我的堂兄也回到这儿度假，当时为了吓唬他，我总是穿上雨衣，围上披肩，装扮成故事里邪恶的奥克夫人；当我想要再现发生在科茨公地的那一幕时，他总是虔诚地拒绝扮演尼古拉斯。当时我并不知道我长得像以前的那位爱丽丝·奥克；我是在我们结婚后才发现的。你真的认为我长得像她？"

她当然像，特别是在那一刻，当她穿着白色的凡戴克时代的裙子，身后是郁郁葱葱的草地,夕阳照耀在她的短发上,笼罩住她的整个脑袋,在她那优美低垂的头颈上形成一个淡黄的光环。但我必须承认,与眼前的这个刚愎自用的、这个我贸然地认定她就是后裔的美丽尤物相比,早先的爱丽丝·奥克,也许是个女凶手,一个危险的女人,还是相当无趣的。

一天早晨,当奥克先生正在派发他的周六保守党声明和农村决策——他是真正的和平拥趸者,深入调查农庄和农户,保护弱者并谴责不良行为——当我正在为我的肖像模特画一张铅笔素描(唉,这些素描如今都还在我这儿!),奥克夫人告诉了我来自她的版本的爱丽丝·奥克和克里斯托弗·罗夫洛克之间的故事。

"你认为他们俩之间真的有关系?"我问,"她真的曾经爱过他?那你怎么解释在传说中她被认为是凶手?人们常常听说女人和她们的情人们合谋杀死丈夫;但一个女人和她的丈夫一起杀死她的情人——或者至少是个曾经爱过她的男人——倒是十分罕见。"我全神贯注地画画,并没有真正在意我自己所说的话。

"我不知道,"她忧郁地回答道,眼里又出现了冷漠的神情,"爱丽丝·奥克是个高傲的女人,这点我很清楚。她也许非常迷恋那个诗人,但又对此非常恼怒,痛恨自己爱上了他。她可能觉得自己应该摆脱他,于是她请求她丈夫的帮忙。"

"上帝啊!多么可怕的想法!"我惊呼起来,半笑着说,"难道你不觉得奥克先生一定会说这整个故事就是天方夜谭?"

"我可不认为这是天方夜谭,"奥克夫人轻蔑地说,"因为我碰巧知道这是真事。"

"是吗?"我问道,一边继续我的素描,一边乐得顺水推舟让这个古怪的美人继续自己的话题,"何以见得?"

"人们怎么知道这世上什么事是真的呢?"她闪烁其词地回答,"因为他就是知道,因为他能感受到它是真实的,我就是这么认为的。"

随着她浅色的眼睛里流露出遥不可及的落寞神情,她又重新陷入了沉默。

"你读过任何一首罗夫洛克的诗吗?"第二天她突然问我。

"罗夫洛克?"我有些迷茫,因为我不记得这个名字了,"罗夫洛克是——"我没有说下去，因为我想起了主人对这个名字的偏见，他正在餐桌边靠我坐着。

"就是那个被奥克先生和我的祖先杀害的罗夫洛克。"

然后她充满期待地看着她丈夫，仿佛在享受以此激怒他后的一种故意作对般的快感。

"爱丽丝，"他低声地恳求，整个脸都涨红了，"看在上帝的份上，别在佣人面前谈论这件事。"

奥克夫人爆发出一阵高而清脆、甚至是歇斯底里的大笑，就像顽皮的孩子恶作剧般的笑。

"佣人！我的老天！你真以为他们没听说过这个故事吗？哎唷，在这周围它可是和奥科赫斯一样有名。他们难道不相信罗夫洛克曾出现在这所房子里吗？他们难道没听见在大走廊里有他的脚步声吗？我亲爱的威廉，他们难道没注意到你从不敢一个人待在黄色的绘画室，哪怕一分钟也好，——如果我单独把你留在那儿一分钟，你就会像孩子一样慌乱地跑出来？"

真的，我怎么从没注意过这些？或者，我现在回想起来自己曾经留意过？黄色的绘画室是这所房子中最迷人的屋子：宽敞而明亮的房间，屋内悬挂着黄色的锦缎，墙上的嵌板雕刻着精美的图案，这间屋子开门就正对着草地，比我们现在所在的这个看来有些阴暗的房间敞亮多了。这一次奥克先生让我觉得他有点太幼稚了。我突然有种强烈的愿望想要作弄他一下。

"黄色的画室！"我惊呼道，"难道这个有趣的文学人物曾经出现在这间黄色的画室？快告诉我是怎么回事，那儿到底发生了什么？"

奥克先生艰难地笑了一下。

"就我所知，那儿什么也没发生。"他边说边站起身。

"真的吗？"我怀疑地问道。

"那儿什么也没发生，"奥克夫人缓缓地说，手里机械地摆弄着叉子，挑出了桌布的图案，"那是极其复杂的情况，正如大家都知道的，什么事也没发生；但这间屋子的名声不吉利。我们家族里没有人愿意一个人待在里面超过一分钟。你看，威廉就不愿意。"

"你在那间屋子里曾看到或听到什么吗？"我问男主人。

他摇摇头。"没有。"他冷冰冰地回答,并点上了一支雪茄。

"我猜想你没有,"我半笑着转向奥克夫人,"你应该不介意单独待在那间屋子里吧?既然什么都没有发生,那么你怎么解释这个诡异的名声?"

"也许将来会有事情注定要发生在这间屋子里。"她回答道,声音听起来虚无缥缈。她突然又加了一句:"你愿意在这间屋子里画我的肖像吗?"

奥克先生突然转过身,他看上去非常苍白,他好像想说些什么,但却欲言又止。

"你为什么要让奥克先生这样苦恼呢?"我问道,这时奥克先生已走进他的吸烟室去处理日常堆积如山的文件了,"你真是非常残忍,奥克夫人。你应该体谅那些相信这个传闻的人,虽然你自己并不相信。"

"谁告诉你我不相信这些你所谓的'传闻'的?"她突兀地答道。

"走,"一分钟后她说,"我要告诉你为什么我相信有克里斯托弗·罗夫洛克。跟我到黄屋里去。"

四

在黄屋里奥克夫人拿给我看的是一大捆文件,一些是印刷的,一些是手写的,它们都由于年代久远而泛黄了,她是从一个老式的黑檀木镶嵌的意大利橱柜里把它们取出来的,这费了她好大的劲,因为橱柜里的结构很复杂,既要打开双重锁又要绕开假抽屉,在她对付这些机关时,我四下里打量着屋子,这里我之前只来过三四次。它的确是这幢别具一格的房子中最美轮美奂的房间了,并且此刻对我而言,也是最奇特的。它的整个屋型低矮而狭长,让你想到船上的舱房;透过装着竖框的巨大窗棂,你可以看见那片褐绿色的草地,间或有些橡树点缀其间,屋子有点向上倾斜,跟远处淡蓝色的冷杉形成一条直线直至地平线。墙上挂着绣花的锦缎,原先的黄色已褪变成棕褐色,与红色的雕刻墙板和雕刻的橡木横梁相映成趣。屋子剩下的部分让我觉得这更像是意大利风格的房间而不是英式的。家具是17世纪早期的托斯卡纳风格,多用镶嵌和雕刻；墙上还有一些褪色的寓言画，是一些波伦亚画派的大师们的作品。角落里，在一排低矮的橘子树中间，安置着一台小型的意大利羽管键琴，精致的流线型和细长型，琴面上绘有花卉和风景。在一处壁凹，放着一书架的旧书，主要是伊丽莎白时代的英国和意大利诗人的作品；紧挨着书架的是一个精美的雕花妆奁箱，以及一个大而美妙的瓜形鲁特琴。竖窗上的玻璃是开着的，空气有些厚重，弥漫着一种难以名状的芳香，令人陶醉，这不是任意的一种花香，而是像某种在香料中浸泡多年的陈年古董的香味。

"这真是一间迷人的屋子！"我惊呼道，"我非常愿意在这里画你。"但当我话一出口我就知道我说错了。这个女人的丈夫无法忍受这间屋子，而且我也模模糊糊地觉得也许他的憎恶是有道理的。

奥克夫人没有理会我的赞叹，但却示意我走到她正在整理文件的桌子边。

"你看！"她说，"这些都是克里斯托弗·罗夫洛克写的诗。"她用纤细的手指虔诚地抚摸着这些泛黄的纸张，开始朗读起来，声音缓慢而低沉，几乎听不清楚。这些诗歌以英国诗人赫里克[1]、沃勒[2]及德雷顿[3]的抒情方式用很大的篇幅抱怨了一位名叫德来欧碧[4]的女士的铁石心肠，这个名字很显然暗指奥科赫斯的女主人。这些诗歌凄美动人，而且含有一种黯然消退的激情；但我关心的并不是它们，而是眼前这位正在诵读的女子。

奥克夫人靠着棕色泛黄的墙站着，身上穿着17世纪样式的白色织锦裙子，显得她高挑的身材更加纤细柔美、楚楚动人。她一只手拿着诗，另一只手斜靠在旁边的嵌花橱柜上，仿佛在寻求支撑。她的声音细腻娇弱，缥缈虚无，就像她本人一样，带着一种奇妙跳动着的抑扬顿挫，好像她在读一首旋律优美的歌词，并且强忍着不把它唱出来；当她读的时候，她纤长的喉颈轻轻跳动着，一抹淡淡的红晕浮上了她的脸

---

1 罗伯特·赫里克（1591—1674），英国资产阶级时期和复辟时期的所谓"骑士派"诗人之一。"骑士派"诗主要写宫廷中的调情作乐和好战骑士为君杀敌的荣誉感，宣扬及时行乐。
2 埃德蒙·沃勒（1606—1687），英国著名诗人、植物园艺专家，也是杰出的政客。
3 迈克尔·德雷顿（1563—1631），英国伊丽莎白一世时代的著名诗人。
4 希腊神话中的忘忧树。

颊。她显然完全能理解这诗歌的意思,她的眼睛已牢牢地被这诗歌里那遥远的微笑所吸引,因为她的嘴角也不由自主地绽放出会心的微笑。

"这就是我想要画的她!"我在内心里惊呼着;几乎没有留意到,一个女人在朗读情诗这一打动我的场面对她来说意味着什么。

"这些都是写给爱丽丝·奥克——维吉尔·庞弗雷特的女儿爱丽丝,"她缓缓地说道,把诗纸折叠了起来,"我在这个橱柜的最底层发现了它们。你现在还怀疑克里斯托弗·罗夫洛克的真实存在吗?"

这个问题没有逻辑性,因为怀疑克里斯托弗·罗夫洛克是否真实存在是一方面,而怀疑他的死因则是另一回事;但不管怎样我还是确信了他的存在。

"来!"当她把诗歌放回原位后,她说,"我要给你看其他东西。"在二楼的鲜花簇拥中摆放着她的写字台——因为我已发现奥克夫人在黄屋有一个写字台——台子上放着一个小小的黑色雕塑,就像放在神坛上一样,上面有一块丝质的帷幔罩着:你也许会认为被罩着的应该是耶稣或是圣母玛利亚的头像。她拿掉丝质罩布,一个小型雕刻头像出现在我面前,这是一个年轻人,褐色的鬈发及尖尖的褐色胡须,穿着黑色衣服,但脖颈部分饰有蕾丝,耳朵上还嵌着一副梨型的珍珠耳坠:一张深思而忧郁的面孔。奥克夫人恭敬地将这个微雕从底座上取下来并拿给我看,背面写着一些黯淡褪色的字母:他的名字是"克里斯托弗·罗夫洛克",日期是1626年。

"我在这个橱柜的暗屉里找到的,与这堆诗歌放在一起。"她边把雕像从我手里拿走边说。

我沉默了一分钟。

"奥克先生知道你找到了这些东西吗?"我问道;然后又纳闷我怎么会问出这样的问题。

奥克夫人笑了,那笑容里满是毫不在乎的轻蔑:"我从不对任何人隐瞒这件事。如果我的丈夫不喜欢我拥有这些东西,他尽可以把它们从我身边拿走。我想,这些东西属于他,因为我是在他家里发现的。"

我没有回答,但却机械地走向门口。我想,这间迷人的屋子里有种令人陶醉但又十分压抑的东西,这个女人的身上也有某种几乎是令人厌恶的东西。在我眼里,她突然变得既邪恶又危险。

说不清是什么原因，但那天下午我没有搭理奥克夫人。我去了奥克先生的工作室，就坐在他对面抽烟，而他则全神贯注于他的账本、报告及竞选活动的文件。在他的桌上，在成堆的平装书和分类文件之中，只摆放着一张拍于多年前的他妻子的照片，这也是整间屋子唯一的装饰品。不知为什么，当我坐在那儿看着他，看着他那张扬的毫不加以掩饰的阳刚之美，尽职尽责的刻苦的工作态度，间或出现的迷惑不解的蹙额，都让我为他感到深深的悲哀。

但是这种感觉并没有持续多久，因为这于事无补：奥克先生不如他的妻子有趣；在这样出色的妻子面前，你很难产生对这个一本正经而又循规蹈矩的年轻乡绅的同情心。所以我决定还是像往常一样，每天跟奥克夫人聊聊天，听她说些离奇的疯话，或者帮她画些素描。我承认这样做我从中得到一种病态的欢愉：她是如此独特，与这所神秘的房子相得益彰，完美地形成她与众不同的个性，这让我很容易就找到了着手画她肖像的构思。我一边帮威廉·奥克画肖像（他也比我原先想象的要难画，除了他的小心谨慎、不苟言笑外，他还是个紧张又拘谨，寡言又沉闷的模特），一边慢慢地有了一个肯定的想法，我决定要在黄屋里画奥克夫人的肖像，她身穿白色的凡戴克式裙子，像她祖先的肖像中穿的一样，靠立在橱柜边。奥克先生也许会非常生气，奥克夫人甚至也会反对这样做，他们可能会拒绝接受这张画像，拒绝付钱并且不允许我展示它，他们可能会强迫我毁了这幅画。没关系，这幅肖像必须要画出来，即便只是为了画画本身。因为我觉得我这是我唯一能做的事了，而且这应该会远远超过我画过的最好的作品。我没有告诉他俩我的决定，但我已在不断地准备奥克夫人的素描了，同时我继续画着她丈夫的肖像。

奥克夫人是个寡言的人，甚至比她的丈夫还要沉默，因为她没有任何约束，不像奥克先生还要尽力款待或取悦客人。她每天都活在自己的世界里，把她的生命——古怪的、慵懒的、弱不禁风的、时常沉溺于突如其来的孩子般欢愉的生命——都消磨在永恒的梦幻中，她常常在房子的四周漫步，把鲜花布满了所有的屋子，她拥有大量的小说和诗歌，但常常看了个开头就扔一边了；她常常躺在那个黄色画室的沙发上，一躺就是数小时，什么也不干，这个黄屋除了她，没有一个奥克家族的人敢独自待在里面。渐渐地，我开始怀疑并想证实这个古怪的人的另一个怪癖，想要弄明白为什么这个家族对黄屋的忌讳在她身上不起作用。

在奥科赫斯有一个传统，每一户或两户英国庄园都要保存几件历代祖先的衣服，尤其是结婚礼服。奥克先生曾经展示给我看过，他有一个雕花的橡木制衣柜，它简直是一个完美的服装博物馆，藏有从17世纪早期到18世纪末期男人和女人的服饰——藏品足以令收集古玩的人、古董商或民俗画家感到震撼和惊叹。奥克先生不属于以上这类人，所以他对这些收藏一点兴趣都没有，只是为了传承家族的传统风俗。但他看上去还是很熟悉这些衣服的来历。

为了让我更好地了解这个家族，他仔细地翻看并介绍这些服装，突然我发现他皱起了眉头。这时我毫无来由地脱口问了句："你这儿有那位长得很像你妻子的奥克夫人的衣服吗？比如在画像里她穿的那件白色的裙子？"

奥科赫斯的奥克先生猛地涨红了脸。

"我们倒是有一件，"他迟疑地回答道，"但——它现在不在这里——不知到哪儿去了。"他艰难地脱口而出："也许爱丽丝拿去了。奥克夫人有时喜欢把玩这些旧东西，我想她大概想从中获取些灵感吧。"

一道电光火石闪过我的脑海。我刹那间明白了：那天奥克夫人在黄屋里向我展示罗夫洛克的诗歌时穿着的白色裙装，并非如我所猜测的是一件现代仿制品，它就是维吉尔·庞弗雷特的女儿爱丽丝·奥克的裙子——那件她和克里斯托弗·罗夫洛克在黄屋里约会时穿着的裙子。

这个想法立刻在我脑中形成了一个画面，让我有些不寒而栗。我缄默不语，但我想象奥克夫人坐在那间黄屋里——那间除了她之外奥科赫斯的奥克家族无一人敢独自逗留的屋子，穿着她祖先的衣服，面对着，如果有的话，屋子里无处不在的身影模糊的鬼魂——这个模糊的鬼魂我认为就是被谋杀的那个殷勤的诗人。

如我所说，奥克夫人极度的沉默，这大概是她对任何事都漠不关心的结果吧。的确，她唯一在意的恐怕也只有她自己的想法和那些虚无缥缈的梦幻了。除此之外，时不时的，她也会想要嘲弄一下她丈夫的偏见和迷信。很快，她连话也不跟我说了，除了有关爱丽丝、尼古拉斯·奥克及克里斯托弗·罗夫洛克；当她想谈论这个话题时，她会滔滔不绝地说上一个小时，从来不在乎我是否和她一样热衷于这个让她痴迷的离奇的故事。碰巧我对此也感兴趣。我喜欢听她无休止地谈论罗夫洛克写的诗的优美之处，然后分析她的感情以及她两个祖先的感情。这真是一种奇妙的感觉，看着这个精致而又奇异的可人儿沉浸在那样激动的情绪中，灰色眼眸里流露出迷离的神情，瘦削的脸颊上浮现着心不在焉的微笑，她讲述的仿佛是她非常熟知的 17 世纪的人们，谈论他们每一刻的情绪，再现他们和其受害者之间的每一个细节，好像她所讲述的爱丽丝，尼古拉斯和罗夫洛克是她最亲密的朋友一样。特别是爱丽丝和罗夫洛克。她好像知道爱丽丝说过的每一个字，每一个滑过她脑海的念头。有时我突然觉得她是在用第三人称向我述说她自己，倾吐她的感情——好像我在倾听一个女人的秘密，一段她对一个活生生的情人的怀疑、顾虑和痛苦的内心告白。因为奥克夫人，一个在其他事情上都漠不关心，整日活在自我的世界，从不试图去理解和同情他人感受的女人，已完全沉浸在这个叫爱丽丝的女人的感情当中，也许某些时候，她认为自己就是爱丽丝。

"但她为什么要这样做呢？为什么她要杀害她在意的人？"有一次我问她。

"因为她爱他胜过这个世界。"她大声喊道，然后突然从椅子上站了起来，走到窗户旁边，用手捂住了脸。

从她脖颈上的动作我能看出她在无声地啜泣。她没有转身，但却示意我从房中退出去。

"别再讨论这个话题了，"她说，"今天我病了，而且有点糊涂。"

我轻轻地在身后关上门。这个女人的生命中到底有什么神秘的东西？这个古怪的女人终日精神萎靡，只专注自我，而对死去已久的人却有着奇异的狂热，对自己的丈夫漠不关心，却时不时地想要激怒他——难道这一切都说明爱丽丝·奥克曾经爱过或现在还爱着某个人，而这个人并不是奥科赫斯的主人？而奥克先生的忧郁苦闷，他对工作的过度关注，这些迹象都表明这个年轻人的悲痛欲绝——难道说他早已知道了？

五

接下来的几天奥克夫人都处于一种非常反常的精神亢奋的状态。有一些客人——他们的远房亲戚们——即将到访,虽然她曾表露出对他们将要远道而来的极度厌恶,但她还是主动参与了些家务活,不断地整理屋子,发号施令,尽管如往常一样,她的丈夫已把一切都安排妥当了。

威廉·奥克非常的喜悦。

"要是爱丽丝能总是这样就好了!"他感叹道。"要是她对生活有点兴趣,情况就会大不一样了。但是,"他补充道,唯恐被认为他刚刚有指责她的意思,"又怎么可能呢?她的健康状况那么差,并且,看到她能这样我已经很开心了。"

我点点头。但我不能肯定我真的认同他的观点。对我来说,特别是回想起昨日那非同寻常的一幕,奥克夫人的精神饱满有可能是其他什么原因,但一定不是正常的。在她与平日不同的举动以及显得更加异常的兴致勃勃背后一定隐藏着些什么,也许只是紧张和兴奋;而我这一整天都在关注着她,这个病态的,仿佛瞬间就会崩溃的女人。

奥克夫人整日都忙于从一间屋子走到另一间屋子,从花园到花房,检查是否一切都安排就绪,事实上,在奥科赫斯,所有的一切都总是井井有条。她没有时间坐下来让我画,也没有说过任何关于爱丽丝·奥克或是克里斯托弗·罗夫洛克的只言片语。的确,对一个粗心大意的旁观者来说,这看来似乎所有对于罗夫洛克的迷恋都完全不见了。大约五点的时候,当我正在红砖砌成的圆形山墙装饰的外屋,以及老式的厨房和果园之间闲逛,我看见奥克夫人站在那儿,手里捧着一大束约克和兰卡斯特玫瑰,站在面向马厩的台阶上。一个马夫正在用马梳梳理一匹马,在马车房的外面停着奥克先生的小型高轮马车。

"让我们驾一次车吧!"奥克夫人看见我后高声地叫道,"看多么美丽的夜晚——多么可爱的小马车!我已好久没有驾过车了,我觉得我必须要再驾一次车。跟我来。还有你,立刻把马具给吉姆套上并牵到门口来。"

我简直惊呆了;更令人吃惊的是当车夫把马车停到门口后,奥克夫人招呼我陪她一起上车。她把马车夫打发走了,转眼间我们已经以极快的速度飞驰在满是黄沙的路上,路的一旁是枯黄的牧草地,另一旁则是一排排高大挺拔的橡树。

我简直不敢相信自己的眼睛。这个女人,穿着男人的外套和帽子,娴熟地驾驭着一匹青壮的马,由于兴奋而喋喋不休地唠叨着像个十六岁的女学生,再也不是那个脆弱的,病态的,举止异常的,温室里的花朵,不能走动也不能做任何事,终日躺在那间黄色画室的沙发椅上,沉浸在充满奇异香味和无端联想的氛围里。飞速行驶的轻便马车,阵阵袭来的凉风,轮胎压过砾石发出的碾磨声,无一不像醉人红酒一样充斥着她的脑袋。

"我已经很久没有做这些事了,"她喃喃自语,"太久太久了。哦,难道你不觉得以这样的速度飞驰,想着马儿随时都有可能跌倒,我们随时都有可能丧命是一件很开心的事吗?"然后她像个孩子似地大笑起来,把脸转向我,那脸已不再苍白,而是因马车的震动和自己无端的兴奋而泛着红光。

马车行进的速度越来越快,一户户人家都被我们甩在后面,我们上下颠簸在小山坡上,飞驰过枯黄的牧草地,穿越过红砖墙装饰的小村庄,当我们经过时人们都纷纷跑出来观望;我们狂奔过岸边杨柳低垂的小溪,驰骋过深绿色密密麻麻的啤酒花田,此时原本蔚蓝且远处林梢依稀可见的地平线已变得颜色越来越深,也越来越模糊了,夕阳金黄色的光线也如羊噬草般慢慢掠过大地。最后我们来到一片空地,这是一块高高突起的公地,在这个土地不是用来养草放牧就是种植啤酒花园的乡村很是罕见。在四周都是低矮山丘的原野当中,它显得异军突起,广阔平坦的土地上无拘无束地生长着石楠和金雀花,远远的冷杉林无意中在它的周围长了一圈,真给人以世界之巅的感觉。落日在它的对面徐徐谢幕,余晖洒落在大地上,留下石楠红黑相间的斑驳的花影,或者干脆将它笼罩在一团深紫色的云彩之下,变成了一片紫色的海洋——闪耀着黑玉般光芒的干枯的石楠和金雀花点缀其中如粼粼的波光般迷人。一阵凉风袭过我们的脸颊。

"这个地方叫什么?"我问道。这是我所见过的在奥科赫斯附近唯一给我留下深刻印象的景色。

"它叫科茨公地,"奥克夫人一边回答,一边放慢了马的脚步,把缰绳松松地挂在马的脖子上,"克里斯托弗·罗夫洛克就是在这里被杀的。"

她停顿了一会儿,用鞭子的末梢轻轻地在马的耳朵边拂挠驱赶着苍蝇,直直地盯着夕阳,这道紫色的光影已从石楠丛生的荒野移到我们脚下了——

"一个夏日的夜晚罗夫洛克从阿普尔多尔[1]骑马回家,当他穿过科茨公地的一半路,大概就是在这个地方——因为我常常听人们提起当时有旧砾石坑形成的池塘就是在这儿附近——他看见有两个男人骑着马向他奔来,他很快认出是奥科赫斯的尼古拉斯·奥克先生和他的一个马夫。奥科赫斯的奥克向他打了个招呼;罗夫洛克也策马上前去迎接他。'很高兴见到你,罗夫洛克先生,'尼古拉斯说,'因为我有些重要的事情要告诉你。'边说着边将他的马靠近罗夫洛克的马,然后突然一转身,对着罗夫洛克的脑袋开了一枪。罗夫洛克及时躲开了,子弹没有打中他,却打在马的脑袋上,马立即倒在地上,罗夫洛克虽然从马上摔了下来,但他还是能轻易地离开马身,并拔出剑冲向奥克先生,一把扯住他的坐骑的笼头。奥克飞快地从马上跳下来,也拔出了剑。不到一分钟时间两人中剑术更高一筹的罗夫洛克就占了上风。很快罗夫洛克已彻底制服了他,并拿剑指着奥克的喉咙,对他叫嚷道如果他请求原谅的话他也许会看在他们的老交情上饶他一命。说时迟那时快,马夫突然骑马上前从后面给了罗夫洛克一枪。罗夫洛克立即摔倒在地,奥克迅速地拿起剑想结果他的性命,这时马夫停下来抓住了奥克的马的缰绳。那一刻夕阳的余晖正好照在马夫的脸上,罗夫洛克认出了奥克夫人。他大叫道,'爱丽丝,爱丽丝!是你要谋杀我!'然后断了气。尼古拉斯·奥克飞身跃上马鞍与他的妻子策马离去,只留下死去的罗夫洛克和倒在他身边的马。尼古拉斯·奥克离开前已做好了预防措施拿走罗夫洛克的钱包并扔进了池塘,因此这桩谋杀案只能被断定为拦路抢劫的强盗谋财害命,这在当时也是司空见惯的。多年后在查理二世统治时期爱丽丝·奥克才去世,去世时已是一个老太太;但尼古拉斯·奥克并没有活多久,并且在他死前的一段时间陷入了异常的精神状态,总是长时间的沉思,有时还威胁要杀死他的妻子。他们说在这些喜怒无常的发作中,有一次,就在他死前不久,他说出了整个谋杀的真相,并预言说如果将来有一天奥科赫斯和这所房子的主人娶了他们的后代,另一个爱丽丝·奥克,这将终结奥科赫斯的奥克家族。你瞧,看来这似乎已成为现实。我们没有孩

---

[1] 英国地名。

子，而且将来也不可能有。至少我从没想过要孩子。"

奥克夫人止住了话语，把脸转向我，瘦削的脸颊上露出迷茫的微笑：她的眼里不再有遥远落寞的神情，取而代之的是一种奇异的热切和坚定。我不知道该怎么回答；这个女人着着实实把我吓住了。我们就这样一动不动地坐了一会，夕阳的余晖已渐渐消失殆尽，照在石楠上深红色的波光也一点点消退，走之前还不忘给黄色的两岸，灌木环绕着的池塘里黑色的水面，以及黄色的砾石坑再镀上点金色；冷风再次吹到我们脸上，杉树林参差不齐的浅蓝色树端也被风吹得弯了腰。奥克夫人拍了拍马，马车又以疯狂的速度跑了起来。我认为回家的路上我们没再说一句话。奥克夫人坐在那儿眼睛一直盯着缰绳，时不时地打破沉默对着马吆喝一声，好让它狂奔得更快一点。沿途我们遇到的人们一定以为这是一匹私自逃跑的马儿，直到他们看见奥克夫人镇定的举止和她脸上洋溢着的兴奋和愉悦。对我而言我就像是一个疯女人手中的玩物，而我也悄悄地做好了翻车或是撞上另一辆马车的准备。天气越来越冷，刮到脸上的风也越来越刺骨，终于我们看到了奥科赫斯的红色的山墙和高高的烟囱堆。奥克先生正站在门前等候。当我们驶近时我注意到他的脸上现出了由于焦虑释然而宽慰甚至是欢欣鼓舞的神情。

他用结实的手臂彬彬有礼而又小心翼翼地将他妻子扶下马车。

"我真高兴你回来了，亲爱的，"他感叹道，"真高兴！刚听说你驾着马车出去时我挺开心的，但你很久没有驾过马车了，我又开始担心害怕起来，我最亲爱的。这段时间你去了哪儿？"

奥克先生还拉着他妻子的手，仿佛牵着一个总让人担心的纤弱孩子，而奥克夫人很快就从她丈夫手里挣脱出来，显然可怜丈夫的柔情和爱意丝毫没有打动她——她对此几乎是十分畏缩。

"我带他到科茨公地去了，"她一边脱下驾车用的手套一边说，带着我以前见过的有些故意作对的神情，"这真是个美妙的老地方。"

奥克先生的脸倏地涨得通红，好像他突然咬到了一颗痛牙一般，而他眉毛之间的那两道深深的皱纹也因此变得猩红。

屋外，浓雾开始渐渐升起，笼罩着整片园地以及星星点点遍布其间的黑色大橡树，在如水的月光中，找不到妈妈的小羊羔那凄惨怪诞的哭叫声四处响起。周围潮湿又阴冷，我不由自主地打起了寒战。

六

第二天奥科赫斯挤满了人，让我吃惊的是，奥克夫人殷勤待客，竭尽地主之谊，好像看着一屋子普普通通的、吵吵闹闹的年轻人肆无忌惮地调情、打网球让她极感幸福。

第三天的午后——他们前来参加一个选举舞会，并在这里逗留三个晚上——天气突然起了变化，瞬时间变得非常阴冷而且下起了大雨。每个人都躲进了室内，笼罩在大家身上的氛围也骤然变得忧郁起来。奥克夫人好像有些厌倦了她的客人，无精打采地躺在沙发上，对他们的漫无边际的闲聊和漫不经心的钢琴弹奏丝毫不感兴趣。

这时有一位客人突然提议他们可以来演戏。他是奥克的远房表亲，一个所谓的时髦的波西米亚派艺术家，由于给时尚杂志做了一季业余演员而虚荣心高涨，自负得令人难以忍受。

"在这个富丽堂皇的老房子里演戏的感觉一定很美妙，"他叫道，"只要穿上礼服，在屋子里走上一圈，那感觉就像是回到了从前。我听说你收集了许多款式非常美丽的古董服饰，几乎从诺亚时代就开始了，是吗，比尔表哥？"

所有人都为这个提议欢呼雀跃。威廉·奥克面露难色犹豫了一会儿，看了一眼他的妻子，后者仍一动不动地躺在沙发上。

"我是有一个柜子，里面装满了属于整个家族的服装，"他迟疑地回答道，显然已决定要取悦他的客人们了，"但是——但是——我不知道穿上死去的人的衣服会不会是一种不尊重？"

"噢，真无聊！"他的表亲叫道，"死去的人怎么会知道？再说了，"他补充道，带着嘲弄般的严肃口吻，"我向你保证我们一定会非常恭敬地对待这些衣服的，只要你把钥匙给我们，老人家。"

奥克先生再次把目光投向他的妻子，再次遭遇她迷离、茫然的漠视。

"很好。"他说，然后把客人带到楼上。

一个小时后，这个屋子里充满了最奇形怪状的人和最令人不可思议的嘈杂声。某种程度上，我能感觉威廉·奥克并不愿意让人们无故地穿戴他祖先的衣服，以及扮作他的祖先。但当这场假面舞会准备工作一切就绪时，我必须要承认效果相当的震撼。一群年轻的男男女女——那些住在这里的宾客和一些来玩草地网球并共进晚餐的邻居——在那位戏剧出身的表亲的导演下，把柜子里的衣服都穿在身上：我从没见过如此壮观的景象，在镶满嵌板的走廊，雕刻机装饰盾纹图案的楼梯，挂着织锦壁毯的昏暗的绘画室，有着棱纹交织拱形穹顶的宏伟大厅，好像直接从过去走来一些影影绰绰的人群。即便威廉·奥克自己，虽然和我及其他一些年纪较大的人一样没有穿上祖先的衣服，看上去也像是被这炽热的场景所感染而热情高涨。他似乎又回到了少年时代；他发现已没有衣服留给他了，于是他急忙飞奔上楼并穿着他结婚前的制服回到了人群。我想他真可堪称我所见过的最英俊的英国人的典范了；尽管身着现代的服装，他看上去比其他人更像是一个从旧时代走来的人，一个黑太子[1]或西德尼爵士[2]的骑士，带着他令人仰慕的五官端正的英俊面容，漂亮的金色头发及健康的肤色。很快，即便是年纪大的人也纷纷穿上了各式的服装——一时间像是多米诺骨牌效应一样，他们披着头巾，戴着东方古老的刺绣的假面具；很快这群戴着假面具的乌合之众就已沉醉在自娱自乐的欢乐气氛当中——带着一种天真，或者如果我可以这样说的话，一种在即便是最有教养的英国人也隐藏着野蛮和粗俗。奥克先生自己也玩得不亦乐乎，像个欢度圣诞节的学校学生一样。

"奥克夫人到哪儿去了？爱丽丝在哪儿？"突然有人问道。

奥克夫人失踪了。我完全能理解对于这个怪女人来说，由于她对过去怀有病态般狂热的臆想，这样的一个狂欢无疑令她生厌；而且她对这样的冒犯也无动于衷，我能想象得出她是怎样悄悄地从屋子里溜出的，带着厌恶和恼怒，回到黄屋去继续她的奇异幻想了。

就在不久后，当我们都吵吵嚷嚷地准备去吃晚餐了，大厅的门被推开

---

[1] 英王爱德华三世长子的别名，是英法百年战争第一阶段中英军最著名的指挥官。其"黑太子"之名的来由有二说：一为，因其常穿黑色铠甲，故被称为"黑太子"；二为，因其洗劫阿奎丹公国，又在阿奎丹放纵士兵横行不法，故法国人认为他心肠黑，称之为"黑太子"。

[2] 菲利普·西德尼（1554—1586），伊丽莎白一世时期的廷臣，政治家，诗人和学者，被认为是当时的模范绅士。

了,一个奇怪的身影走了进来,比其他任何一个人的服装都要奇怪:一个男孩,又高又瘦,穿着棕色的骑马服,系着皮带,套着靴子,肩上披着一件灰色的短斗篷,头戴一顶灰色的大宽檐帽,帽的两边低垂几乎遮住了眼睛,腰上配备着匕首和手枪。是奥克夫人,她的眼睛异常地明亮,她的整张面孔由于带着点大胆的、挑衅的笑容而变得快活,富有生气。

所有人都惊呼起来,站立在一边。在沉默了一小会后,大家小声地鼓起掌来。即便是这群淘气的男孩和女孩,他们敢穿着几个世纪前就入土为安的祖先的衣服打打闹闹,也禁不住奇怪为什么这位年轻的已婚女士,这所房子的女主人,要穿着骑马服和过膝皮靴;而奥克夫人的表情也没有一点开玩笑的意思,因此丝毫没有打消大家的疑惑。

"这是谁的衣服?"戏剧出身的表亲问道,他很快就得出一个结论,奥克夫人就是个才华横溢的天才,非常适合成为他下一季的业余演出队伍中的一员。

"这是我们的一个祖先,跟我同名的爱丽丝·奥克,在查理一世时期常常跟她丈夫出去骑马时穿的衣服。"她回答道,在桌子的最前端坐下。无意中我的眼睛正好撞上了奥科赫斯的奥克的眼神,他那原本像十六岁少女般容易羞红的脸现在变得像死灰一样苍白,并且我注意到他的手几乎是痉挛般地捂住了嘴。

"你没认出我穿的衣服吗,威廉?"奥克夫人问道,她的双眼紧盯着奥克先生,脸上露出冷酷的微笑。

他没有回答,周围死一般的沉寂。还是这位学戏剧的表亲想到了一个好主意来打破冷场,他从座位上跳起来,一口喝干杯中的酒并夸张地喊道:

"为过去的和现在的两位爱丽丝·奥克的健康干杯!"

奥克夫人点点头,带着一种我从未见过的神情,咄咄逼人的语气大声叫道:

"为诗人克里斯托弗·罗夫洛克先生的健康干杯,如果他的灵魂还在这里,这所房子将蓬荜生辉!"

我突然感觉我像是待在一个疯人院里。在桌子的对面,屋子的正中间挤满了吵吵闹闹的可怜虫,他们穿着红色、蓝色、紫色及杂色的衣服,打扮成16、17及18世纪的人们,他们先用软木炭把脸涂黑,再覆盖上面粉，临时装扮成土耳其人、爱斯基摩人，以及戴面具的人或是小丑，恍惚间我仿佛看见了在血红落日的余晖照耀下石楠丛就像一片血的海洋，在黑色的池塘边和被风吹弯了腰的杉树下，克里斯托弗·罗夫洛克的尸体和他死去的马儿躺在那儿，到处是被鲜血染红的黄色砾石和紫丁香花；而在这片红色之上，浮现出奥克夫人那张苍白的脸，盖在大灰帽下的金色头发，迷离的眼神和怪诞的笑容。对我来说简直太可怕了，既粗俗又令人所厌恶，就像走进了一间疯人院。

七

从那以后我注意到威廉·奥克发生了点变化，或者说，在威廉·奥克身上慢慢开始的变化刚刚被我留意到。

我不知道他是否和他的妻子谈及那个糟糕的夜晚她的装扮。总的来说我能肯定他没有。此外，我也能想象他也许经历了激烈的思想斗争，最终发现他难以言说对妻子的强烈不满，只能以沉默表达他的反感。即便是如此，我仍能感觉他们俩之间紧张的情绪。奥克夫人，本来就不怎么在意她的丈夫，现在更是几乎视若路人。但对奥克先生来说，虽然他假装在就餐时与她说话，好隐藏起自己真实的感情，也为了避免让我感到尴尬，但看来收效甚微，因为他几乎没有机会同他妻子说话，甚至连面也见不到。这可怜的人儿诚实的灵魂里充满了痛苦，但他又不愿意让别人知道，因此这痛苦逐渐渗透到他的天性里并毒害着他。这个女人不断地打击他，折磨他，让他痛苦到了无法言说的地步，但明眼人都看得出，他一刻也没有停止爱她，也从未打算认清她真正的本性。有时我真想，当我们在方圆百里看不到一个人影的乡间长时间散步时，当我们穿过橡树星星点点林立的牧草地时，当我们站在密密麻麻的暗绿色啤酒花丛边上，不时地谈论着庄稼的收成、庄园的排水系统、乡村的学校、樱草联盟[1]，以及格莱斯顿先生[2]的罪行时，当奥科赫斯的奥克小心仔细地

---

1 为纪念保守党政治家迪斯累利而成立的一个组织。
2 格莱斯顿（1809—1898），英国政治家，曾四度担任英国首相。

割短他所能看见的每一个长得过高的蓟草时——我是说，有时我真的有种强烈的冲动想要为他揭穿他妻子的真实面目，但我又觉得自己力不从心。我似乎很清楚整件事，而这清楚又意味着一种心安理得的默许；对他来说却是不公平的，为什么只有他要受到这种魔咒，穷尽一生去追随这个谜一样的女人，筋疲力尽只为弄明白她到底在想什么，而这一切在我看来再简单不过了，真所谓旁观者清。但要让这个严肃认真、谨慎细致、思维缓慢的典型的英国人代表以其简单、诚实和一丝不苟来理解这个虚荣自大、浅薄无知、充满诗情画意而又带着病态的兴奋，名叫爱丽丝·奥克的女人，谈何容易呢？

所以奥科赫斯的奥克先生注定终生无法理解；他也注定要因为他的无能为力而饱受折磨。这个可怜的家伙总是极力地克制着自己情绪来为妻子的怪癖行为找到一个合理的解释；尽管这种努力可能是下意识的，但还是给他的身心造成了巨大的伤痛。（他也被迫要接受他无法改变的事实。）那道深深的沟纹——癫狂纹，如我朋友所命名的——在他的双眉之间，看来要成为他脸上永久的标志了。

而奥克夫人，则是造成事态恶化的罪魁祸首。也许是由于她厌恶她丈夫对那晚化妆派对上的胡闹所表现的无声指责，因此决定让他吞下更多的东西，因为她知道威廉的一个怪癖，而且是她极度厌恶的，就是他从来不说出自己内心的不满或不同意。为此他会吞下任何苦的东西而不会有任何抱怨。无论如何，她找到了一个完美的计策来用罗夫洛克的谋杀案来捉弄和吓唬她的丈夫。当着他的面她不断地或明或暗地提及1626年的那场悲剧，并坚持说她跟原来那位爱丽丝·奥克长得一模一样。

我心里很清楚这场演出永远也不会进行，奥克夫人也从没打算这么做。她就是那种人，她只是对尽管知道计划不可为而为之乐此不疲，从未想过要真正实现计划。与此同时，不断地提及那个牧师，罗夫洛克，以及不断地模仿尼古拉斯·奥克的妻子，对奥克夫人来说都有着无限的吸引力，因为这样就可以每每激怒她的丈夫，使其非常恼火但又不得不拼命压制，而她则像个故意作对的小孩一样乐在其中。你别以为我在一旁袖手旁观，漠不关心，尽管我承认这对于业余时间喜欢分析别人性格的我来说乐于静观其变，但我的确对可怜的奥克先生深感同情，并屡屡愤愤不平于他的妻子。有好多次我都几乎要开口请求她多为自己的丈夫考虑一下,甚至想暗示她这样行为举止是极不得体的,特别是在像我一样的陌生人面前。但奥克夫人的身上似乎有种诡异的、捉摸不定的东西,使你几乎无法跟她严肃地说话;并且,我也不能肯定我的干涉会不会更加助长了她乖张任性的做法。

有一天晚上发生了一件怪异的事。我和奥克夫妇、刚来几天的学戏剧表演的侄子以及三四个邻居一起正坐下来吃晚饭。此时正是黄昏时分,蜡烛闪烁着橘黄色的光与夜晚的灰暗交织在一起,暗藏魅力。奥克夫人有些不舒服,一整天都异乎寻常的安静,比往常更恍惚,更陌生,也更难以接近。她的丈夫似乎突然恢复了心软,几乎对这个精致而又脆弱的人儿产生了恻隐之心。我们正在谈论着一些无关紧要的小事,奥克先生的脸色突然变得十分苍白,并死死地盯着正对他座位的窗口。

"爱丽丝,是谁站在窗口朝里看,还向你做手势?该死的厚颜无耻的家伙!"他大叫,并从座位上跳起来冲向窗户,打开它并跳了出去消失在夜色中。我们其他人都十分惊讶,面面相觑。有些人议论说可能是仆人没留神让一些面目可憎的人溜进来在厨房边晃荡,另一些人则七嘴八舌地猜可能是流浪汉或乞丐。奥克夫人没作声;但我注意到她瘦削的脸颊上露出了一丝诡异的不易察觉的微笑。

一分钟后威廉·奥克进来了,手里拿着餐巾。他把窗户关好后沉默地回到座位上。

"那么,是谁在那儿呢?"我们异口同声地问。

"没有人,我——我大概搞错了。"他涨红了脸回答道,一边忙着削一个梨。

"也许是罗夫洛克吧,"奥克夫人平静地说道,那语气仿佛在说,"也许是园丁吧。"但说的时候她的脸上始终挂着那丝淡淡的愉悦的微笑。除了那位戏剧表演出身的侄儿爆发出一阵大笑,其他所有人都从来没有听说过罗夫洛克的名字,因此毫无疑问都把他想象成奥克家族某个封地里的马夫或农夫,也都没再发表什么评论,这个话题就到此为止了。

自从那天晚上后事情就开始呈现出另外一种样子。那个小插曲只是整个完美计划的开始——是什么计划呢?我几乎不知道该如何命名它。

于奥克夫人而言是一系列冷酷的玩笑，于她丈夫而言则是些迷信的臆想——而于某个奥科赫斯的游魂来说可能是神秘的报复计划。那么，好吧，归根结底，有什么是不可能发生的呢？我们都听说过鬼魂的故事，我们的叔伯、表兄弟、祖母乃至保姆都曾见过它们；我们内心深处对它们都有一点畏惧，因此为什么不是它们呢？对我来说，我总是对事情的不可能性持怀疑态度。

此外，如果一个男人与一个像奥克夫人这样的女人在同一座房子里共同度过了整个夏天，他一定会渐渐相信很多原本不可能发生的事是可能发生的，就像相信这个女人存在一样。如果你是这么想的话，一切都释然了。她是个奇异的生物，看上去一点儿也不属于这个地球，她是两个半世纪前谋杀了自己情人的女人的转世，这样的女人（她的魅力超过了俗世的情人）一定能够再次吸引曾经爱过她的前世的那个男人，尽管其因为爱她而丧命——这其中是不是很蹊跷？我可以肯定的是，奥克夫人自己对此深信不疑，至少是半信半疑；正因为如此，有一天当我半开玩笑地试探问她时，她立马非常严肃认真地承认了此事的可能性。无论如何，这样想让我感到很欣慰；这个想法十分符合这个女人的个性；这也解释了为什么她总是独自一人待在黄屋许久，空气中总是弥漫着醉人的花香，以及旧物什的陈香，看来都是鬼魂特有的气味。这也说明了她那神秘莫测的微笑不是为我们任何一个人的，也不仅仅是为了她自己——还有她大而黯淡的眼睛里流露出的奇异而茫然的目光。我喜欢这样的想法，甚至喜欢用这个想法来取笑奥克夫人，逗她开心。我怎么知道这可怜的丈夫竟会对这样的事情信以为真？

他一天比一天更沉默，表情也愈来愈加困惑；因此，为了少受影响，他更加卖命地工作，把更多的精力放在致力于土地改良方案和政治游说上。但在我看来他似乎总是在倾听，观察，等待某件事情的发生：突然响起的说话声，或是猛力的推门声都会让他惊跳起来，脸色变得通红，几乎浑身颤抖；提到罗夫洛克会让他显出绝望的神情，甚至抽搐不止，就像突然被遭遇了高温似地。而他的妻子则仿佛从他的面部表情变化中找到乐趣似地，愈发变本加厉地继续以各种方式激怒他。每一次当这个可怜的人开始这样的变化，或听到突然的脚步声后面色涨红，奥克夫人就会冷淡而嘲弄般地问他是否又看见罗夫洛克了。很快我就感觉到我的主人真的生病了。他会在吃饭的时候不说一句话，只是审视般地盯着他的妻子，仿佛徒劳地试图揭开一些可怕的谜团；而他那超凡脱俗，精致优雅的妻子，继续以她百无聊赖的口吻喋喋不休地谈论着假面舞会，谈论着罗夫洛克，永远的罗夫洛克。当我们像往常一样散步或骑马时，无论是在路边或是在环绕奥克赫斯的小巷，只要在远处看到人的影子，他就开始发病。而近前一看，我发现令他颤抖的不过是一个熟悉的农夫或是邻居或是仆人，我忍不住大笑起来。曾经有一次，我们在黄昏时分回家，他突然抓住我的手臂并指向花园方向栽种着许多橡树的牧草地，并且几乎开始奔跑起来，他的狗紧跟着他，仿佛在追逐某个闯入者。

"是谁在那儿？"我问道。奥克先生只是悲伤地摇摇头，一句话也说不出。有时在早秋黎明的晨露中，当白色的薄雾从远处的林地弥漫起，秃鼻乌鸦立在木栅栏上形成一道黑色的线，我几乎怀疑我看见了奥克先生已起身在树林和灌木中，远处是朦朦胧胧的烘房的轮廓，隐约可见圆锥形的屋顶和突出的叶片，在半明半暗的光线中就像嘲弄的手指。

"你的丈夫生病了。"我曾在奥克夫人为我的第一百三十张素描做模特时冒昧地对她提及（我似乎总是觉得为她做的素描准备不够充分）。她抬起那双美丽的淡色大眼睛，随着精巧的头部摆动而自然形成了一条连接头颈肩的优美曲线，这是我一直徒劳想再现的东西。

"我没发现，"她安静地说，"如果他病了，为什么不去城里看医生呢？他仅仅是有些忧郁罢了。"

"你不应该拿罗夫洛克捉弄他，"我非常严肃地补充说道，"他会当真的。"

"为什么不呢？如果他看见他，为什么他会看见他。他应该不是唯一这样做的人。"然后她的脸上现出了故意作对般的淡淡的笑容，她的目光则如往常一般在远处找寻着那神秘的不知为何物的东西。

但奥克的状态更糟了。他变得完完全全神经衰弱，就像个歇斯底里的妇人。有天晚上当我们单独坐在吸烟室，他突然开始东拉西扯地讲关于他妻子的事；当他们还是孩童时他是怎么认识她的，他们上了波特兰地区附近的同一所舞蹈学校；她的母亲，也就是他的舅妈，带她到奥科赫斯过圣诞节，他正好也回家度假；最后，十三年前，二十三岁的他和十八岁的她结婚了;当他们一直没有孩子时他非常地失望痛苦,而她几乎死于一场重病。

"我并不介意没有孩子,你知道的,"他用一种激动的口吻说,"虽然我们会从此没有子嗣,奥科赫斯会归柯蒂斯家族所有。但我只在意爱丽丝。"几乎难以想象眼前这个可怜的情绪激动的家伙,一说话时眼里和声音里都饱含着泪水的人,会是几个月前走进我工作室的那个沉默寡言,衣着精良,近乎完美,无可挑剔的年轻人,英俊的前禁卫军士兵。

奥克缄默了一会,眼睛死死地盯着脚下的那块地毯,突然用一种几乎听不见的嘶哑嗓音喊出来:

"如果你知道我是多么在乎爱丽丝——我现在还是非常在乎她。我甚至会亲吻她走过的地面。我愿意给她我的所有——包括我的生命,随时随地——只要她能多看我两分钟,如果她还有那么一点喜欢我——如果她不那么完全鄙视我。"这个可怜的家伙爆发出一阵歇斯底里的笑声,听上去几乎像是在啜泣。然后他突然开始彻彻底底地大笑,用一种完全不属于他的粗俗语调咒骂道:

"该死的,老兄,我们他妈的生活在一个多么疯狂的世界里。"他摇铃叫人送了更多的白兰地和苏打,我注意到他开始无节制地喝酒了,尽管以前他几乎只喝蓝带——喝的量完全符合一个热情好客的乡绅——当我初来乍到时。

八

现在我看清楚了,虽然看上去不可思议,但这个痛苦的威廉·奥克在嫉妒。他只是疯狂地爱着他的妻子,并疯狂地妒忌她。妒忌——因为谁呢?他自己是不可能说的。首先——要排除一切可能的嫌疑——当然不会是我。并且显而易见奥克夫人对我的兴趣并不比对男管家或高级女佣多,我想奥克先生是这种人,他的想象力在确定好一个嫉妒的目标后会无限发挥,即使这个妒忌会一点点地蚕食他。这是一种模糊的、蔓延的、持续的情感——他爱她,而她却视他若芥草,一点儿也不关心,她有时主动前来联系只是为了拿走被退回到他那儿的一些东西——或东西，或树，或石头：它们能让奥克夫人的眼里闪现奇异而缥缈的眼神；让她的双唇绽放古怪而茫然的微笑——这双眸从未正视过他，双唇从未对他微笑过。

渐渐地，他的紧张、拘谨及多疑，从最初只是有点倾向，到如今已是非常严重的问题了。奥克先生总是对他听到的脚步声或说话声疑神疑鬼，对在他房子周边出现的可疑人物心生警惕。突然响起的狗吠声也会让他惊跳起来。他非常仔细地在书房擦拭他所有的猎枪和左轮手枪，并给它们装上子弹，甚至包括客厅里的鸟枪和装在枪套里的枪。仆人们和租户们都认为奥科赫斯的奥克先生被流浪汉和盗贼吓坏了。奥克夫人却对这一切嗤之以鼻。

"亲爱的威廉，"有一天她说，"让你担忧的那些人他们有权在这个屋子的走道和楼梯上上下下来回走动，就像你和我一样。很可能他们早在你我出生之前就在这儿了，而且他们一定会被你那自私的荒谬想法逗乐的。"

奥克先生恼火地大笑道，"我想你又要告诉我他是罗夫洛克——永远的罗夫洛克——每天晚上我听到的走在碎石路上的脚步声就是他的。我想他和你我一样都有权住在这儿。"然后他大踏步地走出屋子。

"罗夫洛克——罗夫洛克！为什么她总是喜欢提到罗夫洛克？"

当天晚上奥克先生突然盯着我的脸问道。

我只能讪笑着回答。

"这可能只是因为她看过他写的剧本吧，而且她认为你比较迷信，所以想捉弄你一下。"

"我不明白。"奥克叹气道。

他怎么会明白呢？如果我把事情说明白了，他一定只会认为我在侮辱他的妻子，说不定就会把我赶出去。因此我决定不对他解释心理学上的问题，幸好他也没再继续问问题。直到有一次——但我要先说一件奇怪的事情。

事情很简单。有一天下午我们例行散步回来后，奥克先生突然问仆人是否有客人来过，回答是否定的；但奥克先生显然并不满意这个回答。当我们一坐下来用晚餐，他就转向他的妻子问道今天下午谁来过了，语调十分奇怪，我几乎听不出是他的声音。

"没人，"奥克夫人回答道，"至少就我所知是没有。"

威廉·奥克死死地盯着她。

"没人？"他重复道，用一种审视的语调，"没人，爱丽丝？"

奥克夫人摇摇头。"没人。"她回答。

一阵沉默。

"他是谁？那个在五点钟左右跟你一起在池塘边散步的人？"奥克先生慢慢地开口问道。

他的妻子抬起眼睛直直地盯着他，轻蔑地回答：

"没有人跟我在池塘边散步，不管是在五点或是其他时间。"

奥克先生的脸气得发紫，发出一种奇怪的嘶哑声，就像男人哽咽一般。"我——我以为今天下午我看见你跟一个男人走在一起，爱丽丝，"他努力地用一种平静的语调把话说出来，也为了在我面前维护他的面子，"我想他大概是帮我把报告带来的教区牧师吧。"

奥克夫人笑了笑。

"我只能说今天下午我没有跟任何一个活人在一起，"她缓慢地回答，"如果你一定要说看见有人跟我在一起，那一定是罗夫洛克，除此之外没有其他人了。"

她轻轻叹了口气，就像有人想给她留下一个美好而又太短暂的印象。

我看着我的主人；他的脸色已由绛紫转变为铁青，他的呼吸也急促得好像有人掐住了他的气管。

这件事就到此为止了。但我隐约觉得会有更可怕的危险将要发生。是对奥克先生还是奥克夫人？我不知道，但我感到我的内心深处有一种冲动促使我要站出来阻止这可怕的邪恶力量，尽我最大的努力来解释和干预。我决定第二天跟奥克先生谈谈，因为我相信他一定会安静地听我诉说，而奥克夫人则不然，一旦她发现我试图想摸清她难以捉摸的性格，这个女人一定会像蛇一样从我的指尖溜走。

我问奥克先生是否愿意明天下午跟我一起散步，他立马欣然接受了，甚至带着点热切的期盼。我们三点钟出发。这是一个暴风雨即将来临的寒冷的午后，大片的白色云团飞速地在蓝天上移动着，翻滚着，耀眼的阳光偶尔透过云层点亮天边，金黄色的光束让聚集在地平线上初具锥形的黑色风暴看上去就像蓝黑色的墨水。

我们快步走过公园里那片或干枯或潮湿的草地，来到了通往远处矮山丘的公路上，不知为什么，我们朝着科茨公地的方向走去。我们两人都没有开口说话，其实我们两人都有话要说，只是不知从何说起。就我而言，我清楚地知道先打开这个话题是不明智的：我对此事的贸然干涉只会激怒奥克先生，让他更加重了他的猜疑。因此，如果奥克先生真的有话要说，看来也确实如此，那我最好等他先开口。

但是，让奥克先生打破沉默的只是啤酒花的长势。当我们经过他的众多啤酒花园中的一个时，他指着啤酒花说："今年的收成很差，"他停下来仔细地看着他眼前的花园，"一个啤酒花也没有。今年秋天颗粒无收。"

我看着他。显然他根本没意识到自己在说什么。那深绿色的蔓藤上覆盖着的都是啤酒花的果实；而就在昨天他还告诉我这么多年来他从没见过这么硕果累累的啤酒花。

我没有搭话，我们继续向前走。在一个斜坡上我们与一辆马车不期而遇，车夫用手碰了碰他的帽子来向奥克先生打招呼，但奥克先生没有任何反应；他看上去似乎完全没有意识到车夫的存在。

乌云越来越密集了，整个苍穹已是黑压压一片，一团团毛茸茸的黑色东西正在其中快速移动。

"我想我们就要被困在可怕的暴风雨中了，"我说，"要不我们赶紧调头回去吧？"他点点头，来了个急转弯。

一丝阳光斑斑驳驳地照在草坪的橡树上，留下金黄色的影子。周围的绿色篱笆也被光影照得发亮。空气凝重而又寒冷，一切都预示着一场暴风雨即将到来。秃鼻乌鸦在黑色云层里穿梭，绕着橡树和烘焙房的红色圆锥形尖顶来回盘旋，这红色尖顶让人感觉整个乡村有许多塔楼古堡点缀其间；然后它们往下飞——像一条黑线——降落在田野上，并且发出呱呱的大叫声，这叫声尖利而可怕，惹得在附近吃草的羊群也躁动不安，羊羔们颤抖的尖叫声和母羊大声的呼唤声此起彼伏。这时，风开始刮过橡树梢最顶端的枝头了。

突然奥克先生打破了沉默许久的寂静。

"我并不太了解你，"他急促地说道，并没有把脸转过来对着我，

"但我想你是诚实可靠的,而且你见多识广——比我多得多了。我想请你告诉我——百分百诚实地告诉我——你认为一个男人应该怎么做,如果——"他停顿了好几分钟。

"想象一下,"他继续快速地说,"如果一个男人非常在意——非常在意他的妻子,但他发现他的妻子——嗯——他的妻子欺骗了他。不,不,请不要误解我的意思;我是说——她经常被某人纠缠但她又不肯承认——某个被她藏起来的人。你能理解吗?也许她还没有意识到她正在冒的危险,但她是不会退缩的——她不会向她的丈夫公开承认。"

"亲爱的奥克先生,"我打断他,试图将事情轻描淡写一些,"这些事情理论上是无法解决的,或者对某些人来说是根本不可能发生的,比如你或我。"

奥克先生没有理会我的打岔。"你看,"他继续说道,"那个男人并不指望他的妻子有多关心他,问题不在这;他也不仅仅是妒忌,你知道的。但他觉得她已处在使家族丧失名誉的边缘了——因为我认为一个女人不会真的让她的丈夫蒙羞。耻辱是完全由我们自己控制的,而且仅仅取决于我们的行为。他必须要拯救他的妻子,你明白吗?他必须要挽救她,不管以何种方式。但是如果她不听他的,他该怎么做呢?他该把那个人找出来,让他滚出去吗?你知道这全是那人的错,与她一点关系都没有。如果她能信任她的丈夫,她就会很安全。但那人不让她这样做。"

"听我说,奥克先生,"我壮着胆子说,但仍觉得有些惶惶然,"我非常理解你所说的一切。但是我发现你根本就没弄明白整件事情的来龙去脉。我观察了你和奥克夫人六个月之久,而且我对整件事情看得很清楚。你愿意听我说吗?"

我拉着他的手臂,竭力向他解释我对于他们之间整个情况的看法——他的妻子只是有点古怪,有点夸张和富有想象力,并且爱跟他开玩笑。另一方面,他让自己陷入了病态的状况;觉得自己病了,必须去找良医。我甚至也提出要带他去城里找大夫。

我讲了一大堆关于心理学方面的解释。我剖析了奥克夫人的性格不下二十次,试图告诉他他的猜疑一点根据都没有,全是凭空瞎猜,空中楼阁。我又引证了二十个例子,大多都是根据我所认识的有着相同怪念头的女性的亲身经历加工出来的。我指出他的妻子只是想为她过于丰富的想象力和过剩的精力找一个发泄的地方。我劝他最好带她去伦敦让她置身于一个大家都差不多的环境。我嘲笑那个认为家里藏着个人的怪念头。我对奥克先生解释说他的痛苦都是源自他的幻觉。我劝说这个谨小慎微、笃信宗教的男人要慢慢地摆脱那些幻觉，并用无数个例子说明许多原先耿耿于怀那些挥之不去的病态幻觉的人都被治好了。我极力地挣扎着，劝说着，就像雅各与天使摔跤一样[1]。

"恐怕我要说你是对的，"当我们走到看得到奥科赫斯特的红砖墙时，他拉着我的手用一种非常低沉、微弱而又疲倦的声音说道，"我并不太了解你，但我相信你说的一切都是真的。都怪我太愚蠢了，有时我觉得我发疯了，必须要被关起来才好。但是别以为我没努力摆脱这种状况，我一直都在努力，但有时这癫狂的状态太强大了，我没法控制。我每天都在祈祷上帝赐予我力量，使我能战胜自己的猜忌心，或者把这些可怕的想法从我脑子里清除出去。说实话，我知道自己是个卑鄙的家伙，我根本没有资格保护好这个可怜的女孩。"

奥克先生又一次紧紧地握了握我的手。当我们走进花园时，他停下脚步转过身对我说："我真的非常非常感谢你，我会尽自己最大的努力变得更加坚强些，如果，"他叹了口气，接着说，"如果爱丽丝能给我一点喘息的时间，不要这么片刻不停地用她的罗夫洛克来嘲弄我。"

九

我开始画奥克夫人的画像，她也配合我坐在那儿给我当模特。那天早上她异常的安静；但，在我看来，她在安静中似乎略有期待，而且给

---

[1] 雅各与天使摔跤的故事出自《圣经·创世记》。有个叫雅各的人（亚伯拉罕之子以撒的儿子）小时候因故在舅舅家生活，几十年后自己拥有了家室财产。当时上帝告诫他带上他的家眷仆人和骆驼牛羊，回到他出世时曾有过怨结的兄长那儿去。于是他日夜兼程，赶往自己久违的祖籍地。一个黑夜，雅各让驼队先行，仆人与家眷随行，自己殿后。过约旦河时，他站在河岸观看过河情形，冷不防被人抓住肩膀。雅各感觉来人气力很大，只好耐下性子跟黑暗中的人摔起跤来。待到天亮，雅各见那人背生翅膀，而双方的较量直到那人突然在他大腿上捏了一把才罢休。这时，那人趁机问雅各叫什么名字，要到哪里去？雅各告之后那人说："我是上帝差来的天使，你跟天使摔跤居然没有输！从此以后，你不再叫雅各，改叫以色列吧。"说完就飞走了。这时的雅各（以色列）远眺约旦河对岸，发现他的家眷与驼队已经看不见了。当他要迈步前行时，才觉得那条被天使捏过的大腿已经瘸了。

我感觉特别快乐。她正在读一本我推荐的书《重获新生》[1]，之前她从未读过。随后我们开始讨论关于柏拉图纯精神恋爱是否可能长久持续这样的问题，这种讨论在其他大多数年轻漂亮的女人眼里看来多少都带有挑逗的感觉，但对奥克夫人来说却完全不同，在她看来，这是一种无形的遥不可及的爱情，不属于这个地球，就像此刻她脸上的笑容和她眼里闪烁的东西。

"这种爱情，"她说，眼睛看向远处的园林，那里零零星星栽种了一些橡树，"是非常罕见的，但它的确存在。它占据了一个人全部的肉体，全部的灵魂；它能超越死亡，它不仅仅属于被爱的人，也属于爱人的人，它是不可摧毁的，继续在精神世界里游荡，直到它遇见他所爱的人转世投胎，当这一切发生了，它就出来找到爱人的灵魂，恢复原形并来再次寻找他的爱人。"

奥克夫人语速非常缓慢，就像在自言自语，而我也从没见过她的表情如此奇怪，如此美丽，笔挺的白色长裙更增添了她的异乎寻常的优雅和无形的个人魅力。

我不知该如何回答，因此我只好半开玩笑地说："恐怕你佛教的作品读得太多了吧，奥克夫人。你刚才所说的东西实在太深奥了。"

她轻蔑地笑了笑。

"我知道人们不会理解这些东西。"她回答道，并且陷入了沉思。但是，在她的平静与沉默背后，我仿佛感觉到了在这个女人的内心深处有一种奇怪的兴奋在涌动着，这种感觉就好像我按压住了她的脉搏跳动那般清晰。

但我还是希望事情能开始随着我的介入慢慢好转起来。奥克夫人在这最近两三日很少提及罗夫洛克；自从我们上次的谈话后，奥克先生也变得比以前开心、从容了。他不再愁容满面，有一两次我甚至看见，当他坐在他妻子对面时，他满眼尽是关切和宠爱，甚至近乎怜惜，就像是对待一件幼小而脆弱的东西一样。

但这一切终究都要结束。我的模特奥克夫人抱怨她太疲倦了，因此回房休息去了。奥克先生则开车去邻近的一个城镇办些公事。偌大的房

---

[1] 此处为意大利文。

子就我一个人待着，我感到孤单极了。匆匆地在我在公园里未完成的素描上画了几笔后，我就无聊地在屋子里踱着方步，自娱自乐。

这是一个暖洋洋的、令人慵懒的秋日午后：这样的天气能让万物都自由地散发自己独特的芳香，比如潮湿的土壤、掉落的树叶、花瓶里的鲜花、年代久远的木制品及其他东西。这一切看来就像把各种各样的模糊不清的记忆和捉摸不定的憧憬都带回到了人们的意识当中，这种感觉半是愉悦，半是痛苦，让人无法凝神思考或继续工作。我就处于这种奇特的焦躁不安中，却没有感到一丝不快。我在走廊里来回踱步，时而驻足观望那些挂在墙上的画，这些画的每个细节我都早已了然于胸了；或是研究那些雕刻和古董的花纹图案；再或欣赏欣赏那些被精心挑选插放在大的瓷器花碗或花瓶的秋日花朵，色彩斑斓，千姿百态。我拿起一本本书随意翻翻，又将它们扔在一边；最后我坐在钢琴边开始弹一些彼此毫不相干的乐段。正当我感到非常孤独的时候，我听到了车轮驶在砾石上发出的吱吱嘎嘎的声响，应该是主人回来了。我坐在画室的角落里，百无聊赖地翻开一本诗歌集——我记得非常清楚，是莫里斯的"爱就足矣"，门突然被推开了，威廉·奥克出现在门口。他没有进来，但示意我跟他出去。他脸上的异样神情让我立即站了起来跟着他走。他异常的安静，甚至是有些僵硬，他几乎面无表情，但脸色非常苍白。

"我想让你看点东西。"他说道，带着一个我穿过拱形顶的大厅，经过那些悬挂四周的祖先画像，来到一个铺满碎砂石的地方，看起来像被填平的深沟，这里矗立着一棵大橡树，树叶已枯萎，枝干或卷曲缠绕，或笔直向上。我跟着他来到一片草坪，或只能说是通往房子必经的一小块园林用地。我们急匆匆地走着，他走在前面，没说一句话。突然间他停下了脚步，面前正是黄色绘画室的弓形凸窗，我感到奥克先生的手紧紧地抓着我的手臂。

"我把你带到这里来想让你看点东西。"他嘶哑着嗓门低声说道；他示意我走到窗前。

我朝里看去。跟室外相比，房间显得有些阴暗；但我看见身着白色长裙的奥克夫人背靠着明黄色的墙壁一个人坐在沙发里，她的头微微向后仰着，手里捧着一大束艳娇欲滴的红玫瑰。

"现在你相信了吧？"奥克先生在我耳边轻声地说，声音带着热气灌入我的耳朵,"你现在相信了吧?难道你还认为是我的幻觉吗?但这一次我会抓住他。我把门从外面锁上了,哦,上帝,这次他肯定跑不了。"

这些话仿佛不是从奥克先生的嘴里说出的。我感觉自己正下意识地在窗户外面拼命拦住他,不让他入内。但他还是挣脱了,猛地推开窗户,随即跳进屋内,我也紧随其后。就在我跨过窗槛时,一道亮光闪过我的眼睛;之后就是一声巨大的枪响,伴随着一声惨叫,以及身体重重摔在地板上发出的砰的一声闷响。

奥克先生站在屋子的中央,身边萦绕着一股淡淡的轻烟;在他的脚下,躺着从沙发上跌落下来的奥克夫人,鲜血已染红了她的白色长裙。她的嘴角剧烈抽搐着,仿佛正发出尖叫声,但她睁大的双目却让人模糊觉得她在微微地笑着。

我不知道这一切都是怎么发生的。看起来好像就发生在那一瞬间,但这一瞬间却有几个小时那么久。奥克先生呆呆地看着,突然转过身大笑着。

"这个该死的恶棍这次又让他逃脱了!"他叫嚷道;并且飞快地打开门,疯狂地冲出屋子,大喊大叫,显得癫狂而可怕。

这就是故事的结局。当天晚上奥克朝自己头部开了一枪,试图自杀,但只打碎了自己的下巴,几天后他死了,死的时候完全神志不清,精神错乱。而我则受到了各种各样的司法盘问,就像经历了一场梦境。最终他们得出的结论是,奥克先生在一时精神错乱的情况下失手杀了他的妻子。这就是爱丽丝·奥克生命的终结。顺带说一下,她的仆人给了我一个在她脖子上发现的小盒坠子,上面沾满了鲜血。盒子里有一小撮颜色很深的茶褐色头发,这完全不是威廉·奥克的头发颜色。我非常肯定,这头发是罗夫洛克的。

邪恶之声

致 M.W.
为了纪念在巴巴罗宫演出的最后一首歌，
Chi ha inteso，intenda.

他们今天再次祝贺我成为当今这个时代唯一的作曲家——这个时代盛行乐队震耳欲聋的效果和富有诗意的诗人般的无病呻吟——他鄙视瓦格纳的奇谈怪论，大胆回归传统的亨德尔[1]、格鲁克[2]及神圣的莫扎特音乐，回归歌曲的主导地位及对人类声音的尊重。

啊，邪恶的人类声音，你就是用血肉之躯铸成的小提琴，是撒旦用灵巧的双手，流行的精妙工具打造而成！啊，可恶的歌唱艺术，你过去是否做了许多坏事，摧毁了多少高贵的天才，使纯洁的莫扎特变得堕落，让才华横溢的亨德尔仅成为高级歌唱练习的作曲家，并让整个世界都相信只有索福克勒斯[3]和欧里庇得斯[4]才有创作的灵感，只有伟大的诗人格鲁克才写得出诗歌？难道让整个世纪都陷入盲目崇拜那个邪恶、卑劣又可怜的歌手从而蒙受羞辱，这样做还不够过分吗？难道还要再摧残几个我们这个时代一文不名的年轻作曲家，他们唯一的财富就是对高贵音乐的热爱，也许他们其中就有一些天才？

他们恭维我作品的完美，因为我模仿了伟大的已逝大师的风格；或者认真地问我，即便这种旧式的音乐风格能赢得现代大众的认可，我是

1　亨德尔（1685—1759），英籍德国作曲家。
2　格鲁克（1714—1787），德国作曲家。
3　索福克勒斯（约前496—前406），雅典三大悲剧作家之一。
4　欧里庇得斯（约前480—前406），与埃斯库罗斯和索福克勒斯并称为希腊三大悲剧大师。

否希望能找得到歌手来演绎它。有时，当人们像今天这样说话，并因我宣称自己是瓦格纳的追随者而笑话我时，我都会突然莫名其妙地爆发出一种孩子般的怒气，并大叫道："总有一天你们会看到的！"

是的，总有一天我们会看到的！因为，毕竟，我不能确定我到底能从这最奇怪的病症中康复吗？也许当这一切都不再是可怕的噩梦时这一天会到来的；当《奥吉尔[1]》完成的那天，世人会知道我究竟是伟大的未来大师的追随者还是痛苦的过去歌唱大师的追随者。我被施了一半的魔法，因为我还能意识到捆绑在我身上的魔咒。我的远在挪威的老护士曾经告诉我狼人在生活中一半是正常的男人和女人，在那段时间里他们会意识到自己可怕的变形并想办法阻止自己变形。这不就是我现在的状态吗？我的思想是自由的，但我的灵感却是被束缚的；我鄙视我被迫谱出的音乐，我更痛恨迫使我作曲的可恶的强权。

并且，难道不是因为我始终抱着憎恶的态度对待我所学习的腐化堕落的旧时代音乐，并试图找到作品任何怪异的风格和作者细微的生平琐事仅仅用来揭示音乐的粗俗？难道不是由于我被一种神秘莫测且难以置信的复仇力量驱使着从而产生自以为是的抗争勇气？

同时，能让我得到宽慰的唯一解脱在于一遍又一遍地在心里咀嚼着我的痛苦往事。这一次我要把它写下来，仅仅是为了能够将写下来的手稿撕成碎片，在未读之前就将它扔进火里。但是，谁知道呢？也许在最后一页烧焦的纸被火苗吞噬而噼啪作响，慢慢沉淀为红色灰烬时，禁锢我的魔咒就会被解除，我又会重新获得失去已久的自由，重新找回消失殆尽的才华。

这是个沉闷得让人喘不过气的月圆之夜，在这让人难以平复烦躁的圆月之下，也许比在让人眩晕的阳光灿烂的正午更为难受，威尼斯仿佛处于一锅烧开的热水中汗流浃背，散发出强大的百合花般神秘的气味，让人目眩神迷——一种精神疟疾从那些萎靡的旋律中，从我在一个世纪前的陈腐乐谱里发现的鸽鸣发声法中被提炼出来。我的眼前仿佛出现了那个月光之夜，我仿佛又看见了那些同住在那个小艺术家公寓

---

[1] 丹麦王子奥吉尔是丹麦传奇英雄，居住在克伦堡宫中的山丘之王，曾经被大法师摩根乐费带到阿瓦隆中沉睡200年，以便在苏醒时拯救自己的祖国。

的舍友们。晚餐后他们斜倚在餐桌旁，桌上满是散落的面包屑，餐巾卷在挂毯的卷轴上，红酒的斑点到处都是，斑驳的胡椒粉瓶子及牙签盒子间隔摆放着，还有一堆堆购自比萨大理石商店的天然形成的石桃。伙食费已收齐了，大家可笑地研究着美国蚀刻师带给我的雕刻作品，他知道我对18世纪的音乐和音乐家如痴如醉，当他在圣保罗广场把玩那些便士上的印刷图案时，发现了那个时代的一个歌手的肖像，于是便带来给我。

歌手，是声音邪恶而愚蠢的奴隶，他所使用的乐器不是来自人类的智慧，而是来自人类的身体，因此，非但没有触及灵魂，反而掀起了我们天性中的糟粕！因为声音难道不就是野兽的呼唤，试图唤醒另一只沉睡在人类心底的野兽，而这正是一切伟大的艺术所极力阻止并企图禁锢的，正如在古老图片中大天使用链条锁住了长着女人面孔的恶魔一般？人类怎么能为他的声音找到一个歌手从而既是主人又是受害者呢？那真正曾掳获每个人心灵的歌手是邪恶又卑劣的。让我继续讲完我的故事吧。

我看见所有的舍友们都斜靠在餐桌旁，注视着这个版画，画中是个带着女人气的纨绔子弟，鬈曲的头发呈鸽翼式的起伏，佩剑穿过刺绣的口袋，他坐在云雾环绕的凯旋门下，一群胖乎乎的丘比特正围着他，精力充沛的名誉女神正在为他加冕桂冠。我又一次听到了大家枯燥无聊的感叹，以及关于这个歌手的索然乏味的问题："他生活在什么时代？他很有名吗？你确定吗，马格纳斯，这是真正的肖像吗？"等等。我听到我的声音，像是从遥远的地方飘来的声音，给予他们各种生平的及评论的信息，这些信息来自一本1785年教会高层授权出版于威尼斯的破旧的小册子，叫《音乐殿堂的荣耀；或，对本世纪最有名的教堂唱诗班指挥及艺术大师的评价》，作者是巴内里特的普罗斯多奇莫·萨巴特里神父，摩德纳学院的雄辩术教授，也是田园牧歌学会成员，他的教名是伊凡德·历利巴伊恩。我告诉他们这个名叫巴尔萨泽·希赛利的歌手绰号叫扎非瑞诺，因为有一天晚上一个蒙面的陌生人把一颗刻着神秘符号的蓝宝石交给他，有人认出那人就是让人类声音变得邪恶的地狱魔鬼；这个嗓音礼物让扎非瑞诺的声音之美妙程度远远超过过去及现在任何一位歌手；他短暂的一生获得了许多成功，受到最伟大国王的青睐，被最杰出的诗人歌颂，最后，普罗斯多奇莫神父补充道："（如果严谨的历史缪斯愿意倾听这些大胆的传闻）连最有魅力的，自视甚高的仙女都追求过他。"

我的朋友们再次关注这个雕刻，并发出更多乏味的评论；有人请求我——特别是美国的年轻女士们——弹奏或演唱这个扎非瑞诺最喜爱的作品——"因为你了解它们，亲爱的马格纳斯大师，你喜爱所有的老音乐。请在钢琴边坐下来为我们唱一曲吧。"我近乎粗暴地拒绝了，并把这枚刻有歌手的便士抓在手里。这可怕的闷热，这该死的月夜，令我简直无法弹琴！威尼斯会慢慢要了我的命的！唉，一看到这个白痴的雕版，或是仅仅听到这个纨绔公子哥的名字都会让我心跳加快，四肢出汗，活像个害了相思病的愣头小伙。

在我态度生硬地拒绝后，人们开始渐渐散去；他们准备到外面去，有些人要去泻湖上划船，另一些人要去圣马可广场的咖啡馆前散步；家庭讨论开始了，只听得父亲们的含糊声和母亲们的咕哝声，以及年轻姑娘小伙响亮的欢笑声。银色的月光从大开着的窗户倾泻而下，霎时把这个过去的宫廷舞厅而今的旅馆餐厅变成了一个大泻湖，看似波浪起伏，跟真的一样，而另一个真的泻湖则被夜幕下无影无形的冈朵拉[1]划出的波纹延伸到无边的远方，只有船首忽明忽暗的红色灯光偶尔泄露了它的踪迹。最后所有人都出发了。我终于能在屋子里独享片刻的安宁，开始写一点我的歌剧奥吉尔。但等等！对话重新响起，是关于那个歌手扎非瑞诺的，他那可笑的画像还攥在我的手里。

主要说话者是阿尔维斯伯爵，一位年长的威尼斯人，染过的络腮胡子，方格图案的领带由两个别针和一条链子固定着；他是个过气的贵族，拼命地想帮他瘦弱的儿子讨那漂亮的美国姑娘欢心，她的母亲早已迷醉在他的天花乱坠的关于威尼斯过去的辉煌的奇闻轶事，并仰慕他的声名显赫的家族。上帝啊，为什么他要选扎非瑞诺作为他胡说八道的对象呢，这个贵族中的老笨蛋？

"扎非瑞诺，——是的，就是他。巴尔萨泽·希赛利，人们叫他扎非瑞诺，"阿尔维斯伯爵带着鼻音说道，他总是把每句话的最后一个字

---

[1] 又译为"贡多拉"，是威尼斯一种特殊的水上交通工具，两头翘中间平的狭长小船。

重复至少三遍,"是的,扎非瑞诺,就是他!我祖先那个时代有名的歌手;是的,我的祖先,我亲爱的女士!"然后他说了一大通废话,都是关于威尼斯曾经的伟大,古老音乐的辉煌,以及以前公立音乐学校的闻名,并时不时地夹杂着关于罗西尼[1]和多尼采蒂[2]的趣事,好像他很了解他们似的。最后,他讲了一个跟他显赫的家族有关的故事:"我的曾姑婆,温德拉密检察官夫人,我们从她那儿继承了米斯特拉的地产,在布伦塔——"这真是个乱七八糟的故事,时不时就离题千里,但无论如何那个歌手扎非瑞诺是主人公。故事渐渐地有些头绪了,或者可能由于我更加关注的缘故吧。

"看来,"伯爵说,"他的所有歌曲里有一首特别的歌叫'丈夫咏叹调'——L'Aria dei Marit——因为他们没有自己的妻子活得自在……我的姑婆,皮萨娜·雷奈尔,嫁给了温德拉密检察官,这是个百年前就已罕见的古老贵族家族。她的修养和高傲让她变得不容易接近。扎非瑞诺则常常自诩没有哪个女人能抵挡得了他的歌声,这是基本事实——后来每个世纪对他的描述都有很大的变化——他的第一首歌能让任何女人脸色发白,双目低垂,第二首歌能让她疯狂地坠入爱河,但第三首歌却有可能让她在他眼前当场因爱丧命,只要他想这么做。我的姑婆温德拉密对这个故事不屑一顾,拒绝去听这个傲慢无礼的家伙唱歌,并说在符咒和恶魔契约的帮助下很有可能杀死一位高贵的女士,但要她爱上一个仆人——万万不可能!这番言论自然传到了扎非瑞诺的耳朵里,这个总是受到别人尊重和推崇的人顿时气不打一处来。像古罗马人一样,御降人以柔,制强梁以威。[3]你们这些博学的美国女士,一定会喜欢这句神圣的维吉尔[4]说过的话。虽然看起来扎非瑞诺在回避温德拉密检察官夫人,但他有一天晚上在一个她也在场的大型集会上演唱。他一首接一首地唱,直到可怜的姑婆皮萨娜坠入爱河。就是最专业的内科医生也无法解释这一神秘的病症,而这病症显然快要了这年轻女士的命;温德拉密检察官不断地向可敬的圣母玛利亚祈祷,并且向医术的守护神圣人科斯玛

---

[1] 罗西尼(1792—1868),意大利歌剧作曲家。
[2] 多尼采蒂(1797—1848),意大利作曲家。
[3] 原句为意大利语。意为"宽恕被征服者,制服傲慢自大者"。
[4] 维吉尔(前70—前19),古罗马奥古斯都时期最重要的诗人,最著名的作品是史诗《埃涅阿斯纪》。

和达米安[1]许诺供奉一个里面放满了金烛台的银制祭坛。

　　最后，检察官夫人的姐夫，埃尔默罗·温德拉密阁下，阿奎莱亚[2]族长，因其圣洁的一生而闻名的高级教士，由于某个特殊的奉献而得以面见圣人贾斯蒂娜[3]，并被告知治疗他的小姨子那离奇病症的唯一方法就是扎非瑞诺的歌声。请注意我那可怜的姑婆决不会因为这个神的启示而屈尊勉强自己。

　　"检察官像中了魔似地非常执著于这个治疗方法；族长阁下就亲自去找扎非瑞诺，并用自己的马车把他带到检察官夫人的住所米斯特拉别墅。

　　"得知将要发生的一切后，我那可怜的姑婆先是勃然大怒，然而随之而来的又是一阵喜极而泣。但她没有忘记做出与她高贵的身份相衬的举止。虽然已病入膏肓，她还是给自己安排了一个盛大的仪式，浓妆淡抹了一番，并戴上她所有的钻石：看起来她似乎急于在这歌手面前证明自己的尊贵。随后她在米斯特拉别墅的舞厅里接待了扎非瑞诺，她坐在华丽的天篷下，斜倚在早已放置好的沙发上；由于与曼图亚[4]的贵族通婚，温德拉密家族拥有了皇家的封邑并成为神圣罗马帝国的贵族。扎非瑞诺向她致以最深切的敬意，但两人之间没有说一句话。扎非瑞诺仅仅问了一下检察官这位显赫的夫人是否曾经接受过天主教堂的圣礼。当得知检察官夫人接受过由她姐夫亲自完成的最神圣的涂油礼[5]后，他宣布他已按照阁下的要求准备就绪了，并随即在大键琴旁坐了下来。

　　"他从来没有唱得这么庄严神圣过。在唱完第一首歌后检察官夫人温德拉密已经极其振奋了；在第二首歌结束后她看上去几乎痊愈了，浑身散发着迷人的光彩和喜悦的神情；但在听第三首咏叹调时——毫无疑问，就是丈夫咏叹调[6]——她却开始变得非常惊恐；突然她发出了一声可怕的哭叫，然后陷入了死亡前的惊厥。一刻钟后她死去了！扎非瑞诺

1　圣人科斯玛和达米安，被誉为双胞胎医生，早期基督教殉道者，在爱琴海港口一带行医。
2　意大利东北部一城市，位于亚得里亚海附近。
3　意大利东北部小镇帕尔马洛城的主保圣徒。
4　意大利北部城市，贵族聚居区。
5　涂油礼是基督教中极为神圣的一种仪式，曾被作为信徒入教的基本宗教礼仪，后来变为一种赋予少数人以特殊政治身份和权利的典礼。
6　原文为意大利语。

没有等到她去世。在唱完歌后他就迅速离开了，他骑着快马日夜兼程地赶往慕尼黑。人们评论说他当时是穿着孝服去米斯特拉的，而他并没有提及他的亲戚中有人去世；并且他已为离开做好了一切准备，唯恐由于触怒这个权贵家族而遭到毒手。此外还有他在演唱前提出的那个离奇问题，关于检察官夫人是否忏悔并接受过神圣的涂油礼……不，谢谢，亲爱的女士，我不需要香烟。但如果这不会让您和您美丽的女儿感到不安的话，能允许我抽一根雪茄吗？"

阿尔维斯伯爵陶醉在自己讲故事的天分里，并十分确信他已为他儿子牢牢抓住了美人的心，当然还有金钱；接着他点上了一根蜡烛，就着烛火点燃了一根黑色的意大利雪茄，这是一种需要在抽之前做些消毒准备的雪茄。

……如果事情继续发展下去，我就该请求医生给我一瓶酒了；在听阿尔维斯伯爵讲故事时，我那该死的心跳不停地加快，可恶的冷汗也不停地向外冒。这个关于花花公子歌手和高傲自负的贵妇之间的故事真是无稽之谈，为了让自己在对这个荒唐故事的那些可笑评论中保持镇定，我开始展开这个版画，重新审视扎非瑞诺的肖像，他曾经那么有名，而如今却被人们遗忘在故纸堆。这个可笑的歌手坐在凯旋拱门下，胖乎乎的丘比特和高大健硕的有翼厨娘为他戴上桂冠。多么平庸乏味粗俗的版画，这就是令人厌恶的18世纪。

但他，从个人角度来说，并不像我想象的那么十分无聊。女人气的丰满的脸庞几乎可以算得上是美丽的，带着点诡异的微笑，无耻又无情。我曾经见过这样的长相，如果不是在现实生活中，那么至少是当我读斯温伯恩[1]和波德莱尔的作品时，在童年浪漫的梦境里出现的邪恶又仇恨的女人面孔。哦，是的！他的确是个漂亮的家伙，这个扎非瑞诺，他的声音一定有着同样迷人的地方，也带着同样的邪恶之气……

"来吧，马格纳斯，"我听见舍友们的声音，"行行好为我们唱一首这个老伙计的歌吧；或至少是那个时代的歌，这样我们才能相信他确实是用咏叹调杀了那可怜的女士。"

"噢，是的！丈夫咏叹调，"老阿尔维斯边他喷出令人难闻的雪茄烟

---

[1] 斯温伯恩（1837—1909），英国维多利亚时代最后一位重要的诗人。

雾边咕哝着,"我可怜的姑婆,皮萨娜·温德拉密;他用他的歌声杀了她,用这首丈夫咏叹调。"

我感到一股难以名状的怒气从心底升腾而起。难道是那可怕的心悸(顺便说一下,这里有位挪威医生是我的同乡,他现在正在威尼斯)输送血液到我的大脑导致我发狂吗?围绕在钢琴旁和家具旁的人们,所有的一切看上去都好像混杂在一起,最后变成移动的色块。我开始唱歌;我眼前唯一清晰的就是扎非瑞诺的肖像,在这旅舍钢琴的边上;随着穿堂风把蜡烛吹得烟雾四散,烛光忽明忽暗,那张版雕上性感、女人气的脸,带着邪恶又玩世不恭的微笑,也摇摆不定,忽隐忽现。我开始疯狂地唱歌,我自己也不知道唱了些什么。是的;我开始辨认出:这是《冈朵拉船上的金发女子》[1],唯一一首流传至今仍深受威尼斯人喜爱的18世纪歌曲。我尽情地歌唱,模仿着每一个优雅的学院派唱腔;身体前后摆动,声音抑扬顿挫,饱含感情地增强和减弱音符,并且加入各种各样的插科打诨,直到人们从惊愕中回过神来,开始鼓掌并大声笑着;直到我也开始疯狂地嘲笑自己,在歌曲的旋律间我的声音由于歇斯底里的大笑而渐渐嘶哑,趋于窒息……并且,更糟的是,我竟挥舞着双拳对着这个已故多年的歌手,因为他看着我,邪恶而女人气的脸露出嘲弄而愚钝的笑容。

"啊!你也想在我身上复仇!"我叫喊道,"你想要我给你写最好的颤音和华彩,另一个更好的丈夫咏叹调,我的好扎非瑞诺!"

那天晚上我做了一个奇怪的梦。即便在这间简单装修的大屋子里闷热和闭塞也让人窒息得透不过气来。空气里似乎充满了各种各样白色花的香味,或浓或淡的香甜令人无法忍受:也许是某些晚香玉,栀子花和茉莉花,它们枯萎在花瓶里,渐渐为人们所淡忘。月光把我周围的大理石地板变成了一个浅显而闪闪发光的池子。因为酷热我把床换成了一个大的旧式浅色木制沙发,上面画了些小花束和小树枝,感觉像旧的丝绸;我躺在上面,不是为了入睡,而是为了放纵自己思想的缰绳驰骋在我的歌剧《奥吉尔》上,很早以前我就完成了歌词的创作,现在为了编曲我来到这里,希望能在这奇特的威尼斯找到些许灵感,就像过

---

[1] 原文为意大利语。

去在水流缓慢的泻湖上漂流一样。但威尼斯却把我所有的想法都变成了无助的困惑；仿佛从浅水池里升腾起了一股乌烟瘴气，里面满是多年以前的音乐，让我既生厌恶又情不自已地陶醉其中。我躺在沙发上望着满池白色的月光越升越高，光线打在抛光的平面上形成的细小的反射光洒得到处都是；而光线没照到的阴影部分在阳台穿堂风的作用下也前后摇摆。

我一遍又一遍地回想着这个挪威古老故事：查理大帝[1]的十二圣骑士[2]之一的奥吉尔在从圣地启程回家的途中是如何被女巫的巫术诱捕的，这同样的招数也曾用在束缚恺撒大帝[3]上以及让仙王奥伯龙[4]成为他的儿子；奥吉尔在那个小岛上只停留了一天一夜，而当他回到自己的王国时却发现一切都变了，他的朋友死了，他的家族被废黜王位，没有一个人认识他；最后，他像一个乞丐一样被四处驱赶，一个吟游歌手对他的遭遇深感同情，出于恻隐之心倾其所有帮助他——送给他一首歌，一首颂扬几百年前勇猛善战的丹麦英雄圣骑士奥吉尔的歌谣。

当我清醒的意识开始渐渐模糊起来时，奥吉尔的故事却栩栩如生地进入了我的梦境。我所看到的不再是盈满我躺椅四周的满池月光以及星星点点的细碎光线和忽隐忽现的摇曳月影，而是一个豪华大厅四面墙上富丽堂皇的壁画。恍惚间我感到自己已不再身处由威尼斯宫廷餐厅改造的寄宿旅馆了，而置身于一个无比宽敞的房间，一个真正的呈八边形环绕的舞厅，四周共有八个巨大的饰有灰泥粉雕的白门，在靠近天花板的拱形穹隆处有八个小小的楼座或是类似剧院包厢的休息处，显然是专门为音乐家和观众提供的。八个枝形吊灯在长长绳索的牵拉下缓缓转动，活像八只巨大的蜘蛛，然而只有一盏发出亮光使整个大厅显得很昏暗。但这灯光正好照射在我对面的镀金灰泥粉饰以及巨幅的壁画上，清晰可

---

1 查理大帝（742—814），法兰克王国加洛林王朝国王（768—814），800年由教皇利奥三世加冕于罗马，后人称其查理曼。他建立了囊括西欧大部分地区的庞大帝国，在行政、司法、军事制度及经济生产等方面都有杰出的建树，并大力发展文化教育事业。

2 指当年跟随查理大帝东征西讨的十二位战士。之所以叫圣骑士的原因是他们的故事广为流传在基督教的正史里，而查理大帝又是基督教的忠实卫士，他们的事迹也多是发生在基督教国家与撒拉森人（中世纪入侵欧洲的阿拉伯人）的战争中，其中夹杂了很多有关神话魔法、爱情等的故事。

3 恺撒大帝（前102—前44），罗马共和国末期杰出的军事统帅、政治家，并且以其卓越的才能成为了罗马帝国的奠基者。

4 仙王奥伯龙常出现在中世纪和文艺复兴时期文学作品中，是根据古老的法国浪漫传奇故事改编出来的人物。

见作为祭品的伊菲革涅亚[1]，旁边站着披戴罗马盔甲和垂片、身着及膝短裤的阿伽门农和阿喀琉斯[2]。灯光还映射出嵌入屋顶凹处的油画板，图中一位女神身披缀满柠檬花和丁香花的帷幔，骑在一只硕大的绿孔雀上，比例缩小得恰到好处。环顾四周，灯光所及之处可见一些黄色缎面的大沙发，还有沉重的镀金落地柜；在一个阴暗的角落里放着一架钢琴，更远处的阴影里隐约可见一顶华丽的天篷装饰着罗马宫廷的前厅。我看看自己，茫然不知身处何处：一股类似水蜜桃的浓重而香甜的气味渐渐弥漫了整个屋子。

我逐渐地察觉到音乐声；分离的音符细微而尖利，好似金属般清脆，有点像曼陀林的声音；伴随着音乐声还有人的歌声，低沉而甜美，开始时几乎像是低语，慢慢地歌声越来越大，最后整个房间都充斥着这强烈的颤音，带着奇特的独一无二的异域气息。音符仍在继续走高。突然传来一声可怕刺耳的尖叫声，随即砰的一声有人倒在地板上，然后是各种令人窒息的惊叫和叹息。在靠近天篷的地方突然出现了一道亮光；在进进出出的黑色人影中我看见一个女人躺在地板上，身边围着其他一些女人。她金色的头发凌乱地纠缠着，众多钻石头饰闪着耀眼的光芒，穿透了半黑暗的房间；她紧身胸衣的蕾丝已被剪开，雪白的胸脯在珠宝装饰的浮花织锦光泽的衬托下令人炫目；她的脸向前弯曲着，一条纤细苍白的手臂拖在后面，像一根折断了的树枝，横躺在试图要抬起她的一个女人的膝盖上。突然又是一阵水泼到地上的声音，随后是更加混乱的惊呼声，嘶哑而低沉的哀号声，以及一声可怕的咯咯声……我突然清醒过来，惊跳起来冲向窗台。

窗外，在月光的蓝色薄雾笼罩下，淡蓝色的圣乔治教堂和钟塔显得朦朦胧胧，隐约可见；从黑色的船体和索具及红色的灯光可以推断它们的前面停泊着一艘大型汽船。从泻湖上升腾起一阵潮湿的海风。这一切都是怎么回事呢？啊！我明白了：这是老伯爵阿尔维斯所讲关于他的姑婆皮萨娜·温德拉密之死的故事。是的，这就是我刚刚做梦的梦境。

我回到房间；点上一盏灯，在我的写字桌旁坐下。重新入睡已是不

---

[1] 希腊联军司令官阿伽门农最心爱的女儿，被父亲当作对神的祭祀品。
[2] 希腊神话中的勇士，出生后其母握其脚踵倒提着在冥河水中浸过，因此除未浸过的脚踵之外，浑身刀枪不入。

可能了。我决定继续创作我的歌剧。有那么一两次我都觉得我已触手可及那我寻寻觅觅已久的东西了……但就在我要写下那主旋律的一瞬间，在我的脑海里却回响起那遥远的歌声，那长长的音符慢慢地增强到未可知的程度，音调时而强烈时而细腻。

在一个艺术家一生当中总有那么些阶段，当他还无法抓住他的灵感，或是还不能清楚地感知它时，他能感觉到他离期盼已久的想法越来越近了。一种夹杂着喜悦和恐惧的复杂情感提醒他在下一个时刻到来之前，这灵感必须跨过他心灵的鸿沟并欣喜地填满它。一整天我都独自一人安静地待着，到夜幕降临的时候，我出门来到泻湖最偏僻的地方泛舟其上。所有的一切都预示着我将要迎来我的灵感，而我等待着它的来临就像一个情人等待着他心爱的人。

有一段时间我停止划动冈朵拉，任凭船在铺满月光的水面上轻轻地摇来晃去，我觉得我仿佛置身于一个虚幻的世界的边缘。它离我非常近，笼罩在闪亮的淡蓝色薄雾中，月亮在其中开辟了一条宽敞明亮的道路；外面是海，小小的岛屿就像一只只停泊着的黑色小船，唯有增添了月光和微波环绕下这个地方的孤独感；而果园里昆虫刺耳的鸣叫声更是无端加深了人们对这个宁静世界的印象。我想，圣骑士奥吉尔一定会在这样的海上航行并发现当他在女巫的膝头沉睡时几个世纪已一晃而过，英雄的世界已尘埃落定，平凡的王国即将开始。

当冈朵拉在月光如水的海面上平稳地摇动时，我在思考着英雄世界的没落时期。在轻柔的水花拍打船体的声音中，我似乎听到了所有的盔甲，刀剑被抛到墙边发出的哐啷声，英雄的后代完全无视它们，任其生锈。长久以来我都在寻找一个我称之为"英勇的奥吉尔"的主旋律；它将时不时地出现在我的歌剧中，最后发展为吟游诗人的一首歌，为英雄揭示真相，说明他只属于过去那消亡已久的世界。在这一刻我似乎感受到了这个主旋律。须臾之间，我的脑海里已被这强烈的、英勇而又悲壮的音乐所占据。

突然，从泻湖上传来一阵涟漪般的乐音，这个声音带着轻柔的尺度、节奏和颤音在沉寂的水面上与月光一起刻出了棋盘网格状的道道水花。

我跌坐在软垫上，英雄时代的幻象瞬间消失殆尽，在我紧闭的双目前出现的是无数只舞动的亮晶晶的小星星,它们交错着追逐着就像那些突然出现的乐音。

"划到岸边,快!"我对着船夫大声喊道。

但那音乐声已渐渐消失;果园里除了桑葚树在月光中闪闪发光,丝柏树黑色的长须在风中轻轻摇曳,唯一能听见的只有此起彼伏的虫鸣,那是蟋蟀单调的叫声。

我环顾四周:一边是荒无一人的沙丘,果园和草地,没有任何房子或教堂;另一边是蓝色朦胧的大海,辽远空旷,放眼望去可以看到地平线上的黑色小岛。

一阵晕眩向我袭来,我感觉自己有些糊涂了。因为突然我又听到了第二波泛着涟漪的乐音从泻湖上传来,细细碎碎的音符迎面而来,仿佛形成了一阵嘲讽的笑声。

随即一切又恢复了平静。这一次的沉寂持续了很久,我又重新开始思考我的歌剧了。我等待着刚刚差点出现的主旋律的再次来临。但再次出现的已不是我满怀希冀屏息静待的主旋律了。在船绕着朱代卡岛环行时,我又一次意识到了我的幻觉,只听得一阵低语从水的中央慢慢升起,一连串微弱的音符像月光一样洒在水面上,开始几乎听不见,但这优美的声音以一种无法察觉的速度慢慢扩张,随着音量的增高你仿佛看见了唱歌的人缓缓走来,这歌声真是妙不可言又感情十足,但这歌声却始终戴着面纱,被一层柔软的外衣包裹着不以真面目示人。这歌声越来越激昂,更热情也更富有感情,直到它挣脱了那层奇异又神秘的面纱,放射出耀眼的光芒,四面八方都回荡着这美妙绝伦的颤音,悠长,华丽又欢欣鼓舞。

又是一阵死一般的沉寂。

"划到圣马可广场!"我大声叫道,"快!"

冈朵拉沿着月光形成的闪闪发光的水道向前快速划动着,撕裂了原本平静的黄色水面,也搅乱了在月光的照耀下清晰可见的圣马可炮塔、花边状宫殿小塔尖的倒影,还有那粉红细长的钟塔,它的倒影从闪亮的水面一直延伸到淡蓝色的夜空。

在较大的那个广场上军乐队正在演奏罗西尼作品高潮部分的最后一个回旋音。在这个巨大的露天舞场上观众们正渐渐散开,伴随着室外乐的总是这些嘈杂的声响：调羹和杯子碰撞发出的叮当声，衣裙和座椅摩擦发出的沙沙声，剑鞘撞击人行道发出的喀哒声。我挤在这些时髦的年轻人中间艰难地前行，这些年轻人一边打量着广场上的姑娘们一边把玩着手杖；我穿过一排排体面的家庭，他们正身着白礼裙的年轻女士们手挽手走在最前面。我在弗洛里安咖啡馆前找了个位子坐下，有些顾客正伸着懒腰准备离开，服务生们匆匆忙忙地跑进跑出，收拾着他们的空杯子和空盘子。两个那不勒斯人装扮的歌手正把吉他和小提琴夹在腋下准备离开这个地方。

"请等等！"我喊住他们，"先别走。为我唱点什么——唱 La Camesella[1] 或者 Funiculi, funicula[2]——不管什么，我请你们划船。"当他们尖声高唱，几乎声嘶力竭时，我却说："你们难道不能再唱得大声点吗，大声点，明白吗？"

我感到我非常需要噪音，大喊大叫或是假声，或是其他粗俗可怕的声音来驱走萦绕在我心头的鬼魂的歌声。

我一次次地告诉自己那只是某个浪漫的业余歌手跟我开的愚蠢玩笑，他躲在岸边的花园里或悄悄地在泻湖上划行而未被察觉；而月光的魔力和海上的迷雾为我兴奋的大脑美化了博尔多尼[3]或克雷仙蒂尼[4]练习曲中单调的颤音。

但一切都没什么变化，那鬼魂的歌声继续纠缠着我。我的工作也由于要捕捉那想象中的乐音回声而时不时地中断；我为斯堪的纳维亚传奇所创作的具有英雄气概的和声也离奇地与性感的乐句和绚丽的节奏交织在一起，从中我仿佛又一次听到了那该死的声音。

被唱歌练习曲迷住了？这对一个公开宣称鄙视唱歌艺术的人来说是非常可笑的。并且，我宁愿相信有那么一个幼稚的业余歌手存在，他对着月亮唱着柔和的颤音自娱自乐。

一天，正当我第一百次地思考我的主旋律时，我的眼睛无意间发现了扎非瑞诺的画像，这是我的一个朋友钉在墙上的。我一把扯下它并

1、2　意大利歌曲。
3　博尔多尼（1789—1856），意大利著名歌剧男高音，音乐教师。
4　克雷仙蒂尼（1762—1846），意大利著名歌剧男高音，音乐教师和作曲家。

把它撕成碎片。然后，对我的愚蠢行径满怀愧疚地望着碎片飘出窗外，在徐徐海风的吹拂下四处飘荡。有一个小碎片停留在我身下的黄色的百叶窗上，其他的都飘进了运河里，并在黑色的河水中加速消失在我的视线中。我越发感到羞愧，我的心跳快得像是要爆炸似的，在这个该死的威尼斯，伴随着日渐憔悴的月光，处于闷热的环境，空气中充满了像在密不透气的闺房里搁置已久的旧东西和百花香混杂的气味，我就像个烦躁不安的可怜虫一样痛苦不已。

然而，那天晚上事情却有所好转。我又能静下心来思考我的歌剧，甚至写上两笔了。在这期间我的思路有时会不无愉悦地回想起那个被我撕成碎片随风飘落到水中的版画。但当我坐在钢琴旁时却被从停泊在大运河饭店下的音乐游船上传来的嘶哑歌声和小提琴刺耳的刮擦音搅得不得安宁。月亮已渐渐低沉。从我阳台下流过的海水颜色渐渐变黑，延伸向远方。与深色的海水相比，专供音乐船使用的冈多拉船队在夜色中的轮廓显得更加黑魆魆的，而在船上中国纸灯笼忽明忽暗的光线照射下，歌手、吉他手、小提琴手的脸都闪着微红的光。

"Jammo，jammo；jammo，jammo ja，"嘶哑的嗓音高声唱道；然后是一声巨大的刮弦和拨弦声，接着又是嘶哑的吼声，"Funiculi，funicula；Funiculi，funicula；jammo，jammo，jammo，jammo，jammo ja。"

从旁边的旅馆传来几声"再来一个"的喊叫声，短暂的鼓掌声，一把铜币扔进船舱发出的格格声，然后是某个冈多拉船夫准备离开发出的划桨声。

"唱 Camesella。"一个带外国口音的声音请求道。

"不，不，唱桑塔露琪亚。"

"我想听 Camesella。"

"不，桑塔露琪亚。嗨，唱桑塔露琪亚——你听到了吗？"

音乐家们在绿色、黄色和红色的灯下低声地磋商，想就这些不同的要求达成一致意见。在一分钟的犹豫后，小提琴奏起了一首曾经非常有名，现在在威尼斯依然非常流行的咏叹调的序曲——歌词是几百年前的一个贵族古力提[1]写的，音乐则是由一位不知名的作曲家创作的——《冈

---

[1] 古力提（1455—1538），威尼斯共和国的总督，于 1523 年至 1538 年在位。

多拉船上的金发女子》[1]。

该诅咒的 18 世纪！看来命中注定要让这些可恶的家伙选择这只曲子来打扰我的工作。

最终这个长序曲就要接近尾声了；然而此时在沙哑的吉他和尖锐的小提琴伴奏下响起的并不是预期的带鼻音的合唱，而是一个要屏住呼吸才听得见的非常低沉的独唱。

我的脉搏蓦地猛烈一跳。我多么熟悉这个声音啊！就像我所说的，这个声音继续低沉地唱着，但它的音质又非常奇特，细腻而无边无际，丰满到弥漫着整个运河的各个角落。

这是些拖曳悠长的音符，强烈而又带着特殊的甜美，像是有着许多女人特征的男声，更像是唱诗班的歌手，但他的声音中少了清澈透明和天真无邪；他刻意隐藏了自己的青春活力，取而代之的是一种像是用毛茸茸的衣物包裹起来的厚重和含糊，似乎在强忍着激动的泪水。

观众爆发出一阵热烈的喝彩，古老的宫殿里回荡着大家鼓掌的声音："好极了，好极了！谢谢，谢谢！再唱一首——请再唱一首。是谁在唱歌？"

当船首亮着红灯的冈多拉纷纷涌向灯光装饰下喜气洋洋的音乐船时，一阵船体的碰撞声，舵桨溅起的水花声，冈多拉船夫们彼此互相推搡的咒骂声此起彼伏。

但没有人在船上。这掌声不知应该给谁。但正当人们坚持鼓掌并大声喝彩时，一只船头点着红灯的小冈多拉悄悄地从船队中独自离开；一会儿工夫这只独舟就已与远处黑色海水融为一体，消失在夜色之中了。

多日来这个神秘的歌手始终是人们谈论的焦点。音乐船上的人发誓没有看到其他人在他们身边，对于这个声音的主人他们和我们一样都一无所知。冈多拉船夫们，尽管他们是这个古老国度的间谍的后代，也一样无法提供任何线索。人们并没有听说任何一个音乐家名人光临或将要拜访威尼斯；并且每个人都相信这个歌唱家一定是个欧洲名流。整个离奇事件中最奇怪的是即便最博学的音乐达人也无法确定他的歌唱主题：人们用了许多不同的名字来称呼并用了各种相异的形容词来描绘；到目

---

[1] 原文为意大利语。

前为止人们还在争论这个声音到底属于男人还是女人：每个人都有其不同的定义。

在这些关于音乐的争论中唯有我独自一人一言不发。我感到一种厌恶，几乎无法谈论这个声音；而我朋友或多或少老生常谈的推测又一如既往地让我逃离讨论室。

同时我每日的工作变得愈发困难，我很快从完全的无能为力进入到一种莫名其妙的焦虑状态。每天早上起来我都怀着很大的决心和宏伟的目标工作；却在晚上睡觉时发现一事无成。我每天数小时百无聊赖地斜倚在阳台上，或是在绸缎般的蓝天下漫无目的地走在星罗棋布的小巷子里，徒劳地驱赶着萦绕在我脑海里的那歌声，或是努力想用我的记忆在脑海中再现那奇特的旋律；因为我越是驱赶得多，我就会越发渴望听到那美妙绝伦的音调，那些被神秘地裹藏起来的音符；每当我努力坐下来想要完成我的歌剧时，我的头就充斥着18世纪那久被遗忘的咏叹调，那些毫无意义的日渐衰败的歌词；并且我开始喜忧参半地想知道这些咏叹调要是由那个声音唱出来会是什么效果。

最终我发现必须要去看医生了，但我刻意对他隐瞒了我的疾病中所有离奇的症状。医生语调轻松地说，是泻湖上的咏叹调，闷热的天气一点点地将我的身体拖垮；我需要吃点奎宁和到乡下去待一个月，暂时不要工作，只要多骑马多运动就一定能恢复到原来的状态。无所事事的老伯爵阿尔维斯坚持要陪我来看医生，一听这话立即就建议我去跟他的儿子住一段时间。他儿子在监管陆地上玉米的收成而无聊得要死；他可以给我提供优质空气，充足的马匹，安详的环境和愉悦的乡村生活——"明智点，我亲爱的马格纳斯，你只要悄悄地去米斯特拉。"

米斯特拉——这个名字让我浑身打了个寒战。本来我想要婉言谢绝他的邀请的，突然间一个想法模模糊糊地出现在我的脑海中。

"好的，亲爱的伯爵，"我回答道，"恭敬不如从命，我十分高兴并感激地接受您的邀请。明天我就动身去米斯特拉。"

第二天我已到达帕多瓦[1]，这是去米斯特拉别墅的必经之地。看来我似乎放下了一个难以承受的重担。长久以来我的心情第一次如此轻松。

---

1 意大利东北部一城市。

蜿蜒曲折、崎岖不平的街道，空旷阴暗的门廊；粗糙粉刷的宫殿，紧闭的褪色的百叶窗；供人漫步的小广场两旁树木稀稀落落，小草倒是顽强地生长着；威尼斯的花园洋房在浑浊的运河中倒映出饱经风霜的优雅；没有大门的花园和没有花园的大门，不知通向何处的林荫大道；众多的盲人和无腿的乞丐，教堂看守人的抱怨，仿佛是石板和垃圾堆之间的魔力催生的，还有八月骄阳下的种子，这一切可怕的沉寂荒凉却让我倍感愉悦。在圣安东尼大教堂[1]有幸听到的音乐弥撒让我的精神更加为之振奋。

虽然意大利在宗教音乐方面有各种各样奇怪的表现形式，但这么多天以来我没有听过比它更好的了。在牧师们低沉的鼻音吟唱中突然迸发出童声合唱，这段清唱完全独立于时间和曲调之外；男童尖锐的歌声应和着牧师的低音哼唱，缓慢的格里高利圣歌调子被活泼的手摇管风琴节拍所打断，随之而来的是一阵疯狂而又欢乐的混杂音，咆哮声、犬吠声、猫叫声、鸡啼声及驴叫声此起彼伏，好似一场热闹的巫师聚会，又像是某个中世纪的愚人节日。并且，为了让这个怪诞的音乐更加离奇或更加像霍夫曼[2]式的荒诞，周围还放满了大理石雕塑和镀金的黄铜雕像，这些都是从前圣安东尼大教堂为之闻名的华丽辉煌的音乐传统。我曾在拉兰德和伯尼两位老旅行家的游记中读到，圣马可共和国当时一掷千金不仅仅用在建造纪念碑和装潢宫殿上，也将重金挥霍在了塔拉费尔马天主教大教堂的音乐效果建造上。在这场妙不可言的由人声和乐器完美结合的天籁之声音乐盛会中，我试图想象瓜达尼[3]的歌声，格鲁克[4]创作的歌剧《世上没有优丽狄茜我怎能活》[5]中的女高音，以及塔蒂尼[6]的那首与前来拜访他的魔鬼一起写出的小提琴曲。在这样一个地方进行这样一场演出，野蛮、粗暴、怪诞、离奇等种种不和谐音不可思议地结合在一

---

1 圣安东尼大教堂位于桑托广场上，每年接待来自世界各地的成千上万的朝圣者，可谓帕多瓦的地标式建筑。
2 霍夫曼（1776—1822），19世纪杰出的小说家，他的文学创作受浪漫派的影响，作品具有神秘怪诞的色彩。
3 瓜达尼（1725—1792），著名阉伶歌手。阉伶歌手指嗓音洪亮清澈的男童，在进入青春期前通过残忍的阉割手术来改变他们发育后的声音，因为体内的性激素发生变化，他们的声道会变窄，有利于音域的扩张，加上巨大的肺活量和声理体积，使他们拥有了超过了常人3倍的非凡嗓音的歌手。阉伶歌手最早出现在16世纪，当时由于女性无法参加唱诗班，也不被允许登上舞台，梵蒂冈的西斯廷教堂首先引入了阉人歌手。
4 格鲁克（1714—1787），德国作曲家，作品以质朴、典雅、庄重而著称。
5 原文为意大利语。
6 塔蒂尼（1692—1770），意大利巴洛克末期和古典主义前期的作曲家，小提琴家，音乐理论家。

起，而这种亵渎神灵的感觉却增加了我的愉悦感：这就是可恶的 18 世纪那些非凡音乐家们的继承者！

这一切都让我十分欣喜，比看到一场完美无瑕的演出还要开心，因此我决定要再去享受一次这音乐盛宴；将近晚祷的时间，在金星饭店与两位推销员共进了一顿愉快的晚餐，并听完管风琴粗略演奏的魔鬼为塔蒂尼所作的清唱套曲后，我便启程再次前往圣安东尼大教堂。

日落的钟声正在敲响，一阵低沉的风琴声从庞大荒凉的教堂里传出；我推开厚重的皮制门帘，期望再次看到早上曾欣赏过的怪诞表演。

但我打错了算盘。晚祷可能早已结束了。一股熏香发霉的气味、地窖般的潮湿气息扑面而来；这已是大教堂的傍晚时分了。黑暗中只有礼拜堂的还愿灯还隐约闪着微光，忽明忽暗的光线投射到红色的抛光大理石，镀金的栏杆和枝形吊灯上，还给一些雕像的肌肉饰上了黄色的光环。角落里一根燃烧着的细蜡烛发出的晕轮笼罩着一个牧师的头，照得他原本就光秃秃的脑袋更显得油光铮亮，也照亮了他身上白色的法衣和他面前摊开的书本。"阿门！"他吟诵道，啪的一声把书合上，端着蜡烛向后殿走去，黑暗中一些原本跪着的女人从地上站起来快速走向大门；一个在祈祷室前祷告的男人也站了起来，不慎将手杖掉在地上发出巨大的声响。

教堂很快就空无一人了，我每分每秒都在期待着夜间守门人的出现好将大门关上。我斜靠着一根大柱抬头望向那夜幕中巨大的穹顶，这时风琴突然发出一连串的和弦音，回声在教堂里四处徘徊：这像是某种礼拜仪式的结束。在风琴之上响起了人的歌声；调高而舒缓，仿佛包裹在柔软的毛皮里，像一团熏香游走在错综复杂的节奏迷宫里。声音突然沉默了；风琴发出最后两声巨大的和音后也偃旗息鼓了，四周一片寂静。我斜靠在教堂正厅的一根大柱上一动不动；我的头发冰冷而黏湿，两腿颤颤而发软，一种销魂蚀骨的燥热奔流在我体内浑身上下各个角落；我努力大口地呼吸，吞进带着浓浓熏香味的空气。我感到极度地幸福，那感觉就仿佛欲仙欲死；突然间我的心底升起一股寒气，带着隐隐约约的恐慌。我顿时清醒过来，转身快速地逃出了教堂。

夜晚的天空纯净湛蓝，与呈锯齿状排列的房屋相映成趣；蝙蝠和燕子在空中盘旋着；透过圣安东尼大教堂低沉的钟声，整个钟塔回荡着刺耳不和谐的圣母颂。

"你看上去真的不太好。"前一个晚上当年轻的阿尔维斯伯爵在密斯特拉别墅杂草丛生的后花园在一个农民提着一盏灯笼的陪伴下迎接我时对我说道。所有的一切对我来说都像一场梦：昨晚在夜色中伴随着马身上的铃铛声从帕多瓦一路驰骋而来，灯笼发出的明黄色灯光照亮了路边的金合欢树篱；车轮压过砾石发出的刺耳的磨碎声；晚餐桌上为了怕引来蚊子而只点了一盏煤油灯，一个跛腿的老男仆，穿着旧的制服外套，端着冒着洋葱香气的盘子来回走动；阿尔维斯肥胖的母亲一边扇着画有斗牛的扇子，一边用刺耳但又和善的嗓门急促而含糊地说着方言；那个胡子拉碴的乡村牧师，总是坐立不安地摆弄着他的杯子脚，并保持着肩膀一高一低的姿势。而现在，下午时分，我感觉好像已在这年代久远、杂乱无章、摇摇欲坠的密斯特拉别墅——四分之三的地方已被弃为储存谷物和放置园林工具的仓库，或是成为老鼠、蝎子和蜈蚣嬉戏的乐园——待了一辈子；好像我一直坐在阿尔维斯伯爵的书房里，四围是成排布满灰尘的农业用书，成捆的账本、谷物和蚕种子的样本、墨水污渍和雪茄烟蒂也随处可见；好像我从来没有听说过其他任何东西除了意大利的农业是以谷物为主、玉米的病虫害、葡萄霜霉病、小公牛的繁殖，以及农场杂工们的种种不良行为；窗外可见尤根尼亚山蓝色的锥形山顶渐渐蔓延成闪着绿色微光的平原。

晚餐一切照旧，胖胖的老伯爵夫人一如既往地用尖利的嗓门唠叨着，胡子拉碴的乡村牧师耸着肩膀坐立不安，餐厅充满了油炸食物和炖洋葱的气味。饭后时间尚早，阿尔维斯伯爵邀我跟他一起坐进马车，穿过马路两旁数不清的高大壮丽的杨树、金合欢和枫树，在飞扬的大团尘土中疾驰前往他的一个农场。

烈日骄阳下二三十个穿着五颜六色的裙子和蕾丝花边紧身上衣、戴着大草帽的年轻女孩正在打谷场上给玉米脱粒，其他人在用巨大的滤网扬去糠皮，筛出谷物。年轻的阿尔维斯三世（年长的那位叫阿尔维斯二世；也就是说，在这个家族里每个人都叫阿尔维斯·路易斯，这个名字在房子上，马车上，独轮车及每个水桶上随处可见）捡起一个玉米，摸了摸它并品尝了一下，跟女孩们说了些什么惹得她们放声大笑，又跟农民工头说了几句话让他显得非常闷闷不乐；然后把我带进一间牛棚，那儿有二三十头白色的小公牛正在接受印记,它们甩动着尾巴,在黑暗中用牛角顶着食槽。阿尔维斯三世轻拍着每一头牛,唤着它们的名字,喂它们吃盐或萝卜,并对我介绍哪一只是曼图亚品种,哪一只是阿普利亚的,哪一只是罗曼诺罗的,等等。然后他请我跳上马车,我们又在尘土飞扬中疾驰,穿过无数的树篱和沟渠,直到我们看到更多的砖瓦农舍,炊烟从桃红色的屋顶升起,在蓝天的映衬下煞是美丽。这里有更多的年轻女孩在为玉米脱粒和扬筛谷物,形成了一片巨大的达娜厄[1]黄金云;在凉爽的暮霭中有更多的小公牛边打印记边哞哞叫着;更多的玩笑,挑刺,解释;就这样我们一连走了五个农场,直到我一闭上眼睛,眼前就仿佛出现了烈日下脱粒连枷有节奏地扬起和落下,金黄的谷物和糠皮如阵雨般纷纷从巨大的筛网落到砖地上,无数的牛尾巴在甩动着,无数的牛角在戳动着,它们白色的脑袋和躯体在暮色中闪闪发亮。"啊,这一天干得不错!"阿尔维斯伯爵欢呼道,伸直了他的裹着紧身裤套在威灵顿靴子里大长腿。"妈妈,晚饭后给我们来点茴香糖浆。这是预防和抵抗乡下的感冒发烧最好的滋补良药。"

"哦,你们在那儿得了热病了吗?怎么会,你父亲说这里的空气非常好啊!"

"没关系,没关系,"老伯爵夫人安慰道,"这里唯一要担心的是蚊子;在点上蜡烛前一定要关好你的窗子。"

"好吧,"小阿尔维斯接上话头尽量公正地说,"我们这儿当然有热病,但它们不会伤害你的。只要你不在夜晚到花园里去你就不会患上。爸爸告诉我你喜欢在月光下散步,这个季节不适合这么做,我亲爱的朋友;非常不适合。如果你必须要在晚上散步,明智点,就在屋里走走吧,你就能得到足够的运动量了。"

晚饭后茴香糖浆也做好了,同时还有白兰地和雪茄,他们都坐在一楼那间狭长的简单装修的房间里;老伯爵夫人在织一件看不出形状和大小尺寸的衣服,牧师在读着报纸;阿尔维斯伯爵一边拿着长长弯曲的雪

---

1 达娜厄是希腊神话中阿尔戈斯王阿克里西俄斯与欧律狄克的女儿。一条神谕曾经警告她的父亲:达娜厄的儿子将会谋杀他。国王为避免自己的不幸,命人造了一座铜塔,将女儿达娜厄关进塔内,门口由凶狠的恶犬把守。一天,天神宙斯经过,爱上了达娜厄,他化身成金雨水,水滴通过屋顶渗入屋内,落在达娜厄的膝盖上。最终达娜厄为宙斯生下了希腊神话中的另一英雄珀尔修斯。

茄吞云吐雾,一边用手抚摸着一只瘦长的狗的耳朵,这只狗似乎长着疥癣,目光呆滞。屋外漆黑一片的花园里无数昆虫嘈杂的鸣叫声此起彼伏,蓝天星空映衬下显得黑色的挂在格子棚上的葡萄香味弥漫在空中。我走到阳台上。底下的花园在黑暗中静静地站着;正对着远处繁星满天的地平面耸立着高大的杨树。猫头鹰凄凉地号叫着;有只狗在狂吠;突然一阵香气迎面扑来,温暖而令人委顿的香味,让我想起了某种桃子的味道,并想到了白色、厚重像蜡一般的花瓣。我以前似乎在哪里闻到过这种香味:它让我整个人无精打采,几乎头晕目眩。

"我太累了,"我对阿尔维斯伯爵说,"看我们城里人多么虚弱!"

但尽管疲劳到极致,我却发现几乎无法入睡。这个夜晚沉闷得令人窒息。我觉得在威尼斯也没有这么闷热过。不顾伯爵夫人的警告,我推开了原先为了防蚊而紧紧关闭的实木百叶窗,朝外望去。

月亮已经升起;月光下可见一大块草地,圆形的树梢沐浴在蓝色光亮的薄雾中,每一片叶子都闪亮着摇动着,看上去就像一片起伏的光的海洋。窗户下面是长长的葡萄架,葡萄架下是一条亮闪闪的人行道。月色是如此明亮,我都能看得清葡萄藤上的绿色叶子,以及金丝楸深红色的花瓣。空气中弥漫着朦朦胧胧的新鲜的割草香,美国葡萄成熟的香味,还有让我想到桃子味的白花(应该是白色的),这一切都融化混合而成醉人的新鲜露珠从天而降。远处的乡村教堂传来了一声钟响:上帝知道我花了多少时间想要入睡却是徒劳。我突然打了个寒战,我的脑子里充满了某种微妙的酒气;我想起了那些杂草丛生的路堤,那些水流停滞的运河,那些农民焦黄瘦削的面孔;疟疾这个词出现在我的脑海里。管他呢!我依然靠在窗户边,贪婪地想要把自己全身心地浸入这蓝色的薄雾之中,这露珠、香气和沉寂似乎在空气中颤动着摇摆着像那星星点缀着深不可测的天堂……什么音乐,即便是瓦格纳的,或者是演唱星夜的伟大歌手,或是神圣的舒曼[1],什么音乐能够比得上这无尽的沉默,比得上这在灵魂里歌唱的无声的音乐会?

正当我陷入无尽的沉思,一个颤抖而甜美的高音符突然打破了寂静,在我的四周响起。我把头伸出窗外,心脏激烈地跳动着,几乎要爆

---

[1] 舒曼(1810—1856),19世纪德国作曲家,音乐评论家。

炸了。在短暂的间隙过后沉默再次被那音符打破，就像黑夜被坠落的星星或是如烟火般缓缓飞起的萤火虫撕裂一样。但这一次很显然声音并不是如我想象的从花园里传来，而是从这幢房子里，从这个破旧不堪的米斯特拉别墅的某个角落里传出。

米斯特拉——米斯特拉！这个名字回响在我的耳边，我终于开始领会了它的意义，就在它要从我身边溜走的时候。"是的，"我对自己说，"这很自然。"这个自然的想法混杂着狂热的不耐烦的欣喜。似乎我来到米斯特拉是有目的的，而我现在正期待着去迎接我长久以来的一个目标和微弱的希望。

我急切地抓起灯罩上有点烧焦痕迹的灯，轻轻地推开房门走出卧室，穿过几条长长的走廊和几间空无一人的大房间，我的脚步声回响着，就像走在教堂里似的，我的灯光惊起了一群蝙蝠。我漫无目的地走着，离有人居住的地方越来越远。

这种死一般的寂静让我非常不舒服；突如其来的失望让我忍不住大口地喘气。

突然传来了一种声响——一种尖利的金属般的和弦，像是曼陀林的音调——就在我的耳边。是的，离我非常近：我与这声音之间就隔着一堵墙。我摸索着门；闪烁不定的灯光无法为我提供足够的光线，我的眼睛就像醉汉一样晕眩着看不清路。最后我摸到了一个门闩，片刻迟疑后我决定把它拉起，并轻轻推开了门。起初我并不确定我在哪儿，因为四下里一片黑暗，但很快一道耀眼的光线就照得我睁不开眼，这是从下面发出的光并打在对面的墙上。看来我似乎走进了一个灯光明亮的剧院的黑暗包厢。我就像在一个带栏杆的黑洞里一样，躲在升起的幕布后面。我记得那些专门为音乐家和观众提供的小小的楼座或是类似剧院包厢的休息处——在一些古老的意大利宫殿的舞厅屋顶下面。是的；这一定是个类似的地方。正对着我的是一个拱形天花板布满了镀金的造型，放置一些杰出的由于年代久远有些发黑的油画作品；再往下，灯光所照之处，是一面满是褪色壁画的墙。我在哪儿见到过这个身披缀满柠檬花和丁香花的帷幔，骑在一只硕大的绿孔雀上，比例缩小得恰到好处的女神？灰泥粉饰的海神们也弯曲它们的尾巴缠绕在她的镀金框架上。还有那个壁画，画的是披戴罗马胸甲和蓝绿色垂片，穿着及膝短裤的武士——我以前在哪里见过他们？我问自己这些问题但丝毫不觉得奇怪。并且，我非常的镇定，就像有时在某些奇特的梦境里人们非常平静一样——难道我在做梦吗？

我轻轻地上前靠在栏杆上。我的眼睛先看到的是在我头顶上的黑东西，是从屋顶垂下来的大枝形吊灯，像巨大的蜘蛛一样缓缓转动着。只有一盏发出亮光，灯上的穆拉诺玻璃坠饰，以及康乃馨和玫瑰花在摇曳不定的烛光中闪着乳白色的光彩。这个吊灯照亮了对面的墙以及画着女神和绿孔雀的天花板；它还照到了这个大屋子的一个角落，但还远远不够亮，隐约看到那儿在阴影里有个华盖，一小群人正围着一个黄色缎面沙发，它与其他沿墙放置的沙发是一样的。从我这里透过围观的人群看去，沙发上躺着一个女人：当她费劲地移动身体时，她穿着的刺绣礼服上的银线和戴着的钻石就一闪一闪地发出夺目的光芒。很快在枝形吊灯的正下方，在灯光的完全照耀下，一个男人伏在大键琴上，他的脑袋轻轻前倾，似乎想在演唱前好好整理一下他的思路。

他弹了几个和弦后就开始唱了。是的，就是这个声音，长久以来一直困扰着我让我不得安宁的声音。我立刻辨认出那无法言说的精致、性感、离奇、细腻和甜美的声音，但恰恰缺少活力和清晰。就是这饱含泪水的声音那晚在泻湖上困扰着我的大脑；后来又在大运河上唱《金发女子》[1]，并且两天前再次在帕多瓦的无人大教堂出现过。但是我现在意识到了，这个一直躲藏着我至今的声音就是我在这个世界上一直寻寻觅觅最想要得到的声音。

这个声音在长而渐渐变弱的乐句中婉转再拉直，含有非常丰富而性感的装饰音，每个音都饰有微小的音阶和细腻干脆的颤动；它不时地停下来，摇摆一下仿佛要在懒洋洋的喜悦当中喘口气。我感到我的身体就像阳光下的蜡一样在融化，并且我觉得自己正在变成液体和气体，这样才能跟这些声音融合在一起，就像月光跟露珠的结合一样。

突然，从那个华盖底下的昏暗角落传出一声悲惨的哀号；接着有第二声，但被歌手的声音掩盖了。在一段风琴弹奏的尖锐而清脆的长乐句中，歌手把脸转向看台，那儿传来了微弱而哀怨的啜泣。但他非但没有

---

1 原文为意大利语。

停下,反而用力弹出一个猛烈的和弦;然后唱出一丝低沉得几乎听不见的歌声,轻轻地滑向一长段华彩乐章。同时他扭头向后看,灯光照在他英俊、带女人气的脸,灰白的脸色和大而浓黑的眉毛,是歌手扎非瑞诺。一看到这张性感而又阴郁的脸,微笑时带着冷酷和嘲弄的表情就像个邪恶的坏女人,我明白了——我不知道是根据什么——他的歌声必须停止,这可恶的乐段必须结束,不能让他继续演奏下去了。我明白了我正在一场谋杀的现场,他正在用他的歌声杀死这个女人,也将杀死我。

我冲下直接连着包厢的狭窄的楼梯,追赶着那细腻优美的、以无人察觉的速度渐渐增强的声音。我用身体猛烈撞击着应该属于大厅的大门。透过嵌板我能看见里面的光线。为了扭开门闩我把手都挫伤了,但门还是纹丝不动地紧闭着。正当我在踢打着紧锁的门时,我听到那歌声渐渐增强、增强,乃至把包裹着它的那层绒毛面纱撕裂开来,扯得粉碎,向前跃至清澈,华丽,光芒万丈,就像一把锋利而闪闪发光的匕首深深地插入我的心脏。随后,我再次听到那哀号,临死前的呻吟,以及可怕的嘈杂声,和由于流出的血液窒息了呼吸而发出的令人惊骇的咯咯声。然后是一声长长的尖利而明亮的、欢欣鼓舞的颤音。

门在我的撞击下终于让步了,几乎损毁了一半。我走了进去。眼前一大片蓝色的月光晃得我睁不开眼。月光透过四扇大窗子照了进来,安详宁静而半透明,淡蓝色的月光薄雾把整个屋子变成了一个水下洞穴,以月光为底,满池都是闪着微光的月色。光线像正午一样明亮,但这种明亮让人感到寒冷,忧郁,虚幻而超越自然。房间里空无一人,就像一个巨大的干草仓。只有从屋顶垂下的绳子说明了从前曾支撑过枝形吊灯;在一个散发着令人作呕的潮湿发霉气味的角落里,在一垛垛的木头和一堆堆印度玉米中间,赫然立着一架细长的大键琴,细长的琴腿还在,而琴面已从一端裂到另一端。

突然之间我感觉非常平静。唯一重要的就是一直徘徊在我脑海里的那个乐句,那个我刚刚听过的节奏未完的乐句。我打开大键琴,我的手指大胆地敲击着琴键,然而断弦发出的可笑又可怕的叮叮当当声却是唯一的回应。

一种特别的恐惧突如其来地向我袭来。我手忙脚乱地从一扇窗户爬出;仓促地奔跑在花园里,徘徊在田野上,运河间和堤坝上,一直被那断弦发出的刺耳声跟踪着，追赶着，直到月亮慢慢落下去，黎明开始颤抖着来临。

  人们对我的康复表示非常满意。

  好像有一个人死于那场热病。

  康复？我康复了吗？我走路，吃饭，喝水，讲话；我甚至可以入睡。我跟其他人过着一样的生活。但我正在被一种奇怪而致命的病症耗损着体力。我再也无法控制我的灵感了。我的大脑里装满了属于我的音乐，因为我之前从来没有听过它们，但它们又不属于我，因为我鄙视憎恶它们：平稳流畅渐渐变弱的乐句，拖长而反复的节奏。

  啊，邪恶、邪恶的嗓音，你就是撒旦用血肉之躯铸成的小提琴，我怎能心平气和地咒骂你？但当我诅咒你时，想再次听到你的渴望却焦干着我的灵魂，就像来自地狱的欲望，这样做应该吗？既然我已满足你复仇的欲望，并且你已使我的生命枯萎，我的灵感凋零，你为何还不放过我呢？

  啊，歌者，你这邪恶卑劣的可怜家伙，我难道再也听不到你的歌声了吗？哪怕只有一个音符？